周华诚——主编

观看

大地上的艺术

GUANKAN ▶▶

DADISHANG DE YISHU

GUANGXI NORMAL UNIVERSITY PRESS
广西师范大学出版社
·桂林·

图书在版编目（CIP）数据

观看：大地上的艺术 / 周华诚主编. --桂林：广西
师范大学出版社，2020.12

（雅活）

ISBN 978-7-5598-3081-4

Ⅰ．①观… Ⅱ．①周… Ⅲ．①随笔－作品集－中国－
当代 Ⅳ．①I267.1

中国版本图书馆 CIP 数据核字（2020）第 142878 号

广西师范大学出版社出版发行

（广西桂林市五里店路 9 号　邮政编码：541004）

网址：http://www.bbtpress.com

出版人：黄轩庄

全国新华书店经销

广西广大印务有限责任公司印刷

（桂林市临桂区秧塘工业园西城大道北侧广西师范大学出版社

集团有限公司创意产业园内　邮政编码：541199）

开本：880 mm ×1 240 mm　1/32

印张：6.75　字数：150 千字

2020 年 12 月第 1 版　2020 年 12 月第 1 次印刷

印数：0 001~4 000 册　定价：62.00 元

目　录

从日光到钟表：重回大地

"米饭的味道差异非常微妙，但请享受它。"我想，永恒应当就是享受当下的笃定而不再犹疑不决吧。

九月一过，田野里的稻子渐渐垂向了稻田，高高树梢上的栗子也落向了地面。秋鸟飞过，它们从春夏的树梢悄悄踱步至秋天的院落和屋檐。植物和动物都知晓，已到了丰收的季节，要更低地匍匐趋近大地，才能越过这一个冬天，迈向下一个春天。

大概在4000年前，我们的祖先就学会了像一株植物一样去生活。他们依据日光来安排一年三百六十五天的生活起居，制定出关于气候变化的二十四节气。时令节日把漫长的时间进行了一种浪漫丰富的切割，生活在以自然变化为前提的时间框架里变得秩序井然，人们仿佛不再过多疑惑生命的意义。

到了14世纪，意大利的米兰制造出了世界上最早的机械打点钟，人们把时间量化到分秒。钟表把时间从人类的活动中分离开来，人们从此运用自己创造出来的机械和自己对话，而不再和大自然对话——人们看似已经可以掌握所有的时间。美国哲学家芒福德却在《科技与文明》一书中说："自从钟表被发明以来，人类生活中便没有了永恒。"

到了21世纪，我们不得不承认芒福德极有先见之明。

从传统农耕社会走向现代社会，我们涌向城市，远离了土地，远离了自然，我们分秒必争，步履匆匆，但生活却走向了共同均质化的"无聊"。在信息爆炸的时代，我们热衷于狂热的消费主义与膨胀的物质欲望。精神性的"永恒"一词仿佛早已消失了它最初的力量。

那么永恒到底是什么呢？大地艺术节上里山美术馆的米饭讲解员说："米饭的味道差异非常微妙，但请享受它。"那么我想，永恒应当就是享受当下的笃定而不再犹疑不决吧。

现代社会发展到这一阶段无可避免，我们也不可能再回到传统农耕社会。但曾经对待自然、生活的敬重，对待精神的安住，都是值得遵循的。

无论是在社会文明上，还是在地理风貌上，中国和日本的地缘性都非常相似。特别是由农耕社会向现代社会转变的过程当中，两者的人口都涌向城市，乡村凋零，人口老龄化使传统生活的生命力极速流失。对此，我们也许还要严重一点，曾经以乡绅为主体的宗族文化也一同解体。

日本"越后妻有"大地艺术节，是对传统农耕生活的一次回溯。它从艺术的角度，将一切与生活相关的事物都作了泛艺术化。艺术是生命体最直观的表达，与越来越标准化的社会截然相反。通过放大的表达，我们看到了曾经的人类族群，是如何与自然休戚与共、相搏相抗的。正是这样，才催生出了人类最原始的生命力。想一想，我们丰富多彩的时令节气，不正代表着先人们几千年来热爱生命、享受生活的智慧吗？

对生命和生活的热爱不分职业。我们大地艺术节参访团一行人，有从事新闻、出版、绘画、摄影、建筑、戏剧的学者与老师，也有从事金融、公益、收藏、乡建的专家和实践者，一起踏上的这段旅程，让我们在重回大地中，看见生长的稻米，也看见正在消逝的记忆。

特别令人欣慰的是，在第七届越后妻有大地艺术节上，参展的中国艺术家前所未有的多。所以这本《观看：大地上的艺术》，不仅仅是一本记录美好的共同旅行的文化寻访之书，更是我们对生活记忆和生命价值的一次回溯，是在另外一块地缘相似的土地上，获得的珍贵的思考与启迪。

稻田读书MOOK编辑部

大地艺术节导视

日本作家川端康成在小说《雪国》开头描述了越后地区冬季最令人印象深刻的景象："穿过县界长长的隧道，便是雪国。"现实中，这里与"雪国"的孤独唯美完全不一样，人们不断与大雪造成的意外事故、冻死做斗争，可以说，反而是严酷的现实催生出了最富有力量、最保有真意的生活。

大地艺术节：
从远古的记忆中醒来

大地艺术节是"让令人怀念的远古记忆在自己的基因中醒过来"，是"追溯生活、追溯时间之旅"。

01 时间的洄游

脚下有些绵软的质感在黑暗中传来不安全感，扶着右侧的墙排着队小心翼翼往里挪动，墙面上的影像像浮游生物一般晃动。我们似乎听到呼呼的微风在搅动着空气，它吹起了地上的味道——那是一种类似植物熟透了晾干接近发酵的质感。

我们极力睁着眼睛，想要在黑暗中找到视线的目标，适应了黑暗后，我们通过从天花板上垂吊下来的灯泡发出的忽明忽暗的微弱灯光，看见了在这个偌大的空间里，地上铺满了稻草，厚厚的草甸上排着长凳，长凳上搁着一台台电风扇，电风扇徐徐摇摆着头——原来真的有风，而接近发酵的植物气味来自脚下已经被踩踏得轻微腐蚀的草甸。

这件被称为《最后的教室》的作品，是法国犹太艺术家克里斯蒂安·波尔坦斯基在2006年第三届大地艺术节时创作的作品。作品原是日本新潟县松代站附近的旧东川小学，1997年，

《最后的教室》

学校在送走了最后11位学生后正式关闭。

惯常以记忆和死亡为创作母题的波尔坦斯基，在2005年的冬季来到这个川端康成笔下的"雪国"，见到了几乎被白雪掩埋的东川小学。其实早在2003年的第二届大地艺术节中，他就第一次以学校的"寂静"创作了关于回忆与梦想的《夏之旅》。但是很显然，这一次，他为这个地区长达半年的大雪封山感到疑惑，他想知道，对于曾经的村民和学生来说，这意味着什么？

他采集了村民的心跳声，在二楼拐角的实验室中用多媒体将它放大，心跳的巨响充斥在整幢被幕布遮住的建筑物里。我们在心跳声中看见被白布覆盖的桌椅，看见在三楼的音乐室墙上挂满了大大小小的相框，可框住的却是一片片乌黑——波尔坦斯基的答案无疑是哀伤的，他用各种素材强烈地传达了生活

观看：大地上的艺术

与记忆在时间中无法挽留地消逝这一讯息。

人们能从中看到关于生活和记忆消逝的作品,在历届的日本大地艺术节中占比最多。这也是日本大地艺术节委托艺术家创作的一个主题指向,策划人北川富朗先生在《乡土再造之力——大地艺术节的10种创想》中阐述过:大地艺术节是"让令人怀念的远古记忆在自己的基因中醒过来",是"追溯生活、追溯时间之旅"。

从2000年开始举办的越后妻有大地艺术节,每三年举办一次,至2018年,已经是第七届。在日语里,越后妻有这个地名的意思是,比远方还远的地方。这里是距离东京有两小时车程的山区,道路蜿蜒,行车时可以看见远方的山峦起伏,路两旁九月的芭茅已经极盛,像极了中国沿海山区一带的地理风貌。

越后妻有的展期,设置在7月29日至9月17日。在7月底展览开幕时,正是稻禾由青转黄的时期,到了9月中旬展览结束时,散布在稻田间的200多个村落的村民将延续一千五百年的传统农耕生活,迎来一年一度的丰收季。

02 唤醒本源的生命力

"这时候,当地人就要去收割我们最好吃的稻米了呢!"

日本越光米的美味举世闻名。我们的导游德井先生满脸笑意,指着窗外,只见金黄色的稻田从车窗外一整片一整片掠过,有人说:"稻子都熟了,你看,都低头了啊。"看展的9月已经相对较晚,德井先生向我们透露了一个秘密——策划人北川先生为什么要按照农耕的时节来安排展览,是因为可以让大家欣赏

享誉世界的越光米饭团

到最美的日本稻田。等到九月中旬一过，原来作为艺术节义工的当地村民则要重新回到田里，便没有时间再为我们这些远方的客人作展览引导。

稻米是日本出口的一张名片，信奉万物有灵的日本人对稻米的虔诚，在媒介发达的21世纪传遍海内外。最广为人知的莫过于他们对煮饭的情有独钟。抛开种植不说，关于淘米的手法、加水的刻度量等，都颇为讲究，所以日本有"寿司之神"，并出产世界上煮饭最好吃的电饭煲。艺术节导游词的开场白即表达了这种骄傲："欢迎大家来看我们的稻田，希望大家以后喜欢吃我们的米饭，要是你们觉得好吃，请带更多的人来吃我们的米饭，来看我们的稻田。"

但其实，如同创作《最后的教室》的波尔坦斯基看到的那样，日本的越后妻有一带，有大半年的时间被大雪覆盖，日照天数仅能保证100天左右。他们就是在这样严酷的气候下种出了最好吃的大米，因而在开饭前，日本人都要虔诚而幸福地说："感谢老天爷赏饭吃!"这种反差，恰似日本文化物哀的另一面，是今天受到许多年轻人追慕的日式小确幸。

日本作家川端康成在小说《雪国》开头描述了越后地区冬季最令人深刻的景象："穿过县界长长的隧道，便是雪国。"现实中，这里与"雪国"的孤独唯美完全不一样，人们不断与大雪造成的意外和死亡做斗争，可以说，反而是严酷的现实催生出了最富有力量、最保有真意的生活。

北川富朗先生认为，发现生活在这片土地上的人们是如何与严酷环境做斗争的，是一件很有意思的事情。

位于新潟县长冈市高海拔地区的山古志村，虽然人口老龄化使这个村落的人数急剧下降，也不在艺术节的区域之内，但当地人仍然原始的农耕生活状态，可以使我们深刻感受到那种源自土地的生命力。

山古志村位置偏远，山地绵延，梯田逶迤伸展，这里雪最厚的时候，可达六米深。当地人为了出行，发明了一种特殊的雪地鞋。用竹子做框，在框之间用粗麻绳编出

特殊的雪地鞋

一只镂空的鞋底和鞋面，行走的时候，将脚套在里面，编织的麻绳加大了脚掌踩在雪地上的受力面积，行走时，人就不会深陷皑皑白雪中。

　　拿着雪地鞋的当地村民皮肤黝黑，他受到当地农协的嘱托，在太阳下山前，特地赶来向我们讲述曾经生活在这片土地上的人在大雪封山时是如何出行的。在他身后是两个隧道的入口，两个隧道都被命名为中山隧道。左侧是现代新修的中山隧道，右侧是早期的中山隧道，村民无不自豪地强调，"这是手掘的"。

中山隧道

　　　　　　　　　　　　　　　　　　观看：大地上的艺术

在昭和八年（1933），当地的两个人考虑到冬季病人无法及时送往医院，决定挖一条隧道来缩减路程。他们白天劳作，一有休息时间就背着箩筐扛着小铲对着山体开凿，再将凿下来的泥土用箩筐一点点背出来。慢慢地，有越来越多的当地人加入。隧道终于挖通了，他们花了整整十七年，此后又经过一代又一代的拓宽。

这样类似于中国愚公移山的故事，在现代的我们看来，更多象征着美好传说的无可奈何，但在日本的文化里，这代表着对抗现实的坚持和勇气。人们与土地相互抗争，又相互依存，就如同中国传统农耕遵循的二十四节气，其实是看似高深莫测的道法自然与天人合一最平实的生活写照。

03 观看的另一种方式

在日本大地艺术节中，似乎一切都是艺术。风景是艺术，大米是艺术，土是艺术，雪是艺术，庆典也是艺术，土地孕育的与人类创造的一切都是艺术。

在越后妻有的里山现代美术馆的二楼，一场"米饭的艺术"秀正在上演。严肃而认真的年轻展示员指着墙上的地图，用日语向我们介绍产自日本不同地区的稻米。他说："米饭的味道差异非常微妙，但请享受它。""许多水稻品种，味道上的差别很微妙，你可以把注意力集中在味道上，闭上眼睛去感受它。"

位于艺术节中心的农舞台的展望台则用日文写着："长得高高的稻穗，几乎遮住了人影。九月，挥动镰刀，收获每一粒稻谷。从田间搬回沉甸甸的稻束，只为在十月前能完全晒干去壳。"

《为了许多失去的窗户》

　　而网红作品《为了许多失去的窗户》，则框住了远方那方绿意盎然的原野山川，它可能在告诉我们，山川土地中被遗忘了的美丽风景；它也有可能在提醒我们，不要忘了抬头看看窗外的风景。

　　北川先生在《乡土再造之力——大地艺术节的10种创想》中说"艺术＝了解人类自然与文明之间关系的方法"，"艺术是自然、文明社会与人类相互作用关系的外延，是一种人工技术和认识手段"。但到了资本金融化、全球化的时代，都市的局限与病态成了艺术的表现对象。虽然艺术的作用和存在价值正在不断增加，但人类均质化的社会生活，与以个体生理为精神内涵的艺术截然相反，媒体和科技的多样化也在让艺术变质。

　　　　　　　　　　　　　　　　　　　　观看：大地上的艺术

从古至今，艺术就是人类最亲密的朋友，它们超越界限，作为世界共通的精神风景而出现。在原始社会，人们就把生存道路的劳苦艰辛与心态的崇敬虔诚在石壁上画下来，展现着与大自然的较量。文艺复兴时期的文艺作品，反映着当时深刻的社会矛盾。中国传统山水画，则传达着文人的精神世界。

无论何时何地，艺术作为一种独特的存在，都在最深处挣扎、呻吟，时刻做着与社会现状的斗争。在艺术节上，这样的斗争无处不在：《地球的哀歌》表达流亡海外的智利艺术家用思念来抵抗的态度，《家的记忆》用密布的棉线编织来传达哀思的不可遗忘，《妖怪教室》则用一种快乐的传说来怀念曾经的生机勃勃。

艺术节也改变着我们的观看方式。半个世纪以来，艺术的

《家的记忆》

《妖怪教室》

展览地点都走向了美术馆和实验室，艺术家通过各种方式来尝试艺术观点的传达，但往往陷入概念的冲突。在越后妻有这片艺术的"发源地"上走一遍，也许才能使大家真正感受到艺术与人类的关系：人类是自然的重要部分，但只是一部分。

　　　　　　　　　　　　　　　　　观看：大地上的艺术

从乡村到城市：
日本大地行吟记

在大地艺术节，其实艺术品本身反而显得"不那么重要"了，因为北川先生策划艺术节，最初的出发点是"让更多的人来看一看日本的山区风景吧"。

这是一次特别定制的大地上的深入行旅。

——到了日本，还没开始看"高雅"的艺术，大家就先下了水稻田，去收割"通俗"的稻子。不是说好了搞高大上的"艺术"吗？怎么变成大老远地挥汗如雨去劳动了？

对了，这是特别安排的项目，是为了进入大地艺术节的氛围所做的"热身"。因为我们知道，大地艺术节，就是把日本新潟地区广袤的水稻田作为背景的。如果没有水稻田，就没有大地艺术节。

这也是为什么，三年一次的大地艺术节会在9月闭幕。高潮会在这个时期出现：金黄的稻田，就是这所有大地上的艺术作品最好的展陈地，大地就是一幅巨大的金黄色的幕布。

01 大地的艺术：艺术让乡村重现生机

我们此行是奔着"越后妻有"去的。

越后妻有是什么地方？

那是日本本州岛中北部农村的一块土地。川端康成在《雪国》里有这样一段描写："穿过县界长长的隧道，便是雪国。夜空下一片白茫茫。"

"雪国"的原型，就是这个名为"越后妻有"的县。那里常年被白雪覆盖，冬季的积雪要达4米。

那里算是一个极为偏远的山区乡野了。

"到日本，不去东京、大阪和京都，舍弃花花世界，直奔乡下去，也只有你们了！"我们的向导谢芳女士说，我们这次走的线路，是比"深度"还要深一度的行程。

*

这是大地上的奇特景观。

从2000年开始，"越后妻有艺术三年展"，也称为"大地艺术节"，每三年一次，在越后妻有地区广达760平方公里的山野间举办。艺术节活动把日本农耕传统文化与各种形式的现代艺术作品，融合成一个神奇的自然体呈现给大家。

草间弥生、蔡国强等世界艺术大师的作品，张永和、James Turrell、阿布拉莫维奇等建筑大师的实验建筑，点缀在山野各处。

行走其间，有超出想象的惊喜。

18年来，32个国家和地区的148组艺术家曾来到这片土地上，通过1000多个作品，表达人和自然、时间和历史的关系。

最为特别的是，生活在当地的人们，无论是务农的老伯还是食堂里的阿婆，都毫无违和感地和这个760平方公里的"美术馆"融为一体。

然而，20多年前，越后妻有也是在日本的现代化进程中被抛弃的闭塞之地。即使对于日本人来说，这也是一个没有存在感的地方。

*

越后妻有大地艺术节，和一个叫北川富朗的人密不可分。

他是大地艺术节以及日本濑户国际艺术节的总策展人。

北川1946年出生，毕业于东京艺术大学美术部，从大学时代开始，他就十分热心于艺术的全民化事业。

1990年代，日本的经济泡沫破裂之后，日本农村各区域都面临着因为人员外流、老龄化等而引起的当地衰弱化问题。

"如果这样下去，整个农村文化就会消失殆尽。农村文化其实是支持日本全国各地交流沟通的最主要的文化部分，如果农村文化消失了，那么人也会最终消失，如何守护大都市东京以外的日本，便成为一个重要的问题。"

北川来到越后妻有，想到也许艺术可以使这块土地的魅力重新发挥出来。但最初遇到的困难，是难以想象的。

对于一个人口三分之一是65岁以上老年人的传统农村社会来说，"现代艺术""将整个区域改造为美术馆"等理论，几乎是这些老人无法理解和接受的。

现代艺术与传统的雕塑和绘画不同，无法让人简单直观地理解；利用现代艺术去活化当地的案例，此前从没有见过。所以艺术节被视为浪费纳税人金钱的噱头，反对之声一个接一个。

18年过去，一切都不一样了。

越后妻有760平方公里，就是一座自然美术馆。艺术作品散布于道路与山野之间。

*

大地艺术节的向导德井先生，今年67岁。

四年前退休后，德井回到家乡十日町，成为艺术节义工"小蛇队"的一员，为所有来到艺术节的观众做向导和解说。

他十八岁离开家乡，前往东京念大学，毕业后进入银行工作。参加了"小蛇队"后，他便一直居住在十日町，并打算一直住下去。

他还亲自参与了许多艺术作品的创作。

当问起他最喜欢的一件作品，他开心地用手捂住了双脸："这太难回答了，喜欢的太多了！"

但他还是举了一个当地人和艺术家一起用漂流木来做人偶的例子。

这是一个用废弃的学校为场地创作的作品，名叫《学校不会变空》。

真田小学位于十日町钵村，是全村人的母校。虽然由于老龄化严重，孩子越来越少了，但所有村民都希望学校能继续保存下去。

绘本艺术家田岛征三从学校的残留物品中得到灵感，以废校前三位学生回到母校，遇见妖怪，说起对学校的回忆，学校因此得到"重生"为线索。

这个"重生"的概念，不仅仅是故事的复现，也让许多真田小学的毕业生都回到这里，参与了作品的创作。他们开着音乐会，演着滑稽剧——说不定，真田小学也是德井先生的母校。

我们在妖怪学校，从巨大的妖怪的"肚子里"穿行而过，头顶是纸糊的五颜六色的青蛙。

这是此行中最使人玩心大起的作品。笑声使这座学校重新变"满"。

运用漂流木制作的妖怪人偶，由真田小学的校友以及附近的村民共同参与。这一作品成为联结当地人和艺术家的重要媒介。

在策展人北川先生的理解中，学校是一个地区的灯塔。当年轻人与孩子越来越少，学校消失——在当地的老人看来——就好比"灯塔里的灯光熄灭"。

这也是此行中，很多艺术作品以废弃的学校为场景的原因。

另一件废校作品是《最后的学校》。

作者第一次来到这里时，惊讶于一座建筑的可怕的寂静。

于是，艺术家们将所有的窗户用黑纸遮蔽，复原了这座学校被漫长的冬季所包围的实景。漫长漆黑的楼道，被二楼震耳欲聋的电子心跳声所裹挟。陈列在地面上的玻璃空棺，被白色幔布遮盖的桌椅，都在表达着一个正在逝去的乡村的沉寂与绝望。

这是一次带给人心悸感受的观展过程。

因可疑的寂静模拟的记忆，是一个正在消失的共同体的绝望。

"产土之家"

同样以记忆为载体的一件作品，是用线织成的密布的网，就像密布的蛛网。它将人与曾经的生活分隔开来，诉说着对往日生活已逝的眷恋与无奈。

早在2006年就有一件作品是《产土之家》。它原先是一幢非常气派的越后茅草屋，它所在的愿入村，只有5户居民。

2004年大地震后，房屋被损坏，屋子的主人不得不搬到别处去居住。

但在日本民居专家安藤邦广等人的合力改造下，"产土之家"不仅成为"用瓷器构成的房子"，里面展出各种瓷器作品，它还成为客人们和村民的聚会场所。

在日语里，"产土之家"的含义接近于守护一方土地的神。现在这幢房子的守护神是72岁的道子奶奶。

观看：大地上的艺术

"产土之家"的道子奶奶

　　道子奶奶在这里端茶送水，迎接每一位前来的客人。她向人们解释，进门的这座瓷片贴着的土灶，就是日本电饭煲的原型。

*

　　日本艺术家内海昭子的《为了许多失去的窗户》，是艺术节最为经典的作品之一。

　　这是一扇空窗子。仿佛不经意地散落在田野上。风吹来，帘子飞舞。

　　这扇窗子，再现了站在这边眺望远方山野景色的场景，意在提醒人们打开心扉，去发现那些被忽略了的大自然的美。

　　这是一扇"网红窗"。几乎所有来看展的人，都会来此打

卡。人们说，它比想象的大。也有人说，比想象的小。

但谁也没想到，窗帘已然破了。

一面经受长久风吹日晒、经受无数镜头拍摄的布帘子，在左上角终于破出了一个洞。

这又是什么意思呢？

事实上，对每一件艺术作品，不同的人，都会有不同的解读。

没有一个标准答案。

即便是艺术家自己，也无法提供那个答案。

因智利独裁统治而流亡到法国的艺术家艾玛，在一座神社中创作了《地球的哀歌》。

在立体的球体内置入灯光，并保持不断旋转。

《地球的哀歌》表达了对故乡的眷恋与思念，它原本的主题

《地球的哀歌》

是严肃而悲伤的。但当工作人员示意我们可以尝试躺下观看后，大家呼啦一下，就躺在了这件装置作品的下面。

这件作品似乎一下子变得浪漫而神奇了。

没有人再去想它是不是一首哀歌。

*

所有的当代艺术作品，都散落在山林田间，表达着人类与自然、文明的关系。

最有意思和愉悦感最强的作品，无疑要数中国建筑师马岩松的作品。他在清津峡一条长达数公里的隧道里，创作了《光之隧道》。

在隧道的尽头，四壁铺设了不锈钢板，加上地面的水景，营造出桃花源一般的玄幻情境。

虚虚实实，实实虚虚。

山水借景，豁然开朗，纯然是桃花源一般的追寻。

17人在桃花源的入口处拍照打卡，拗出各种造型。

姿态丰富的光之隧道，有许多处观景点。漫长的隧道，在徒步的过程中，给予了观者体验过程里很特别的节奏感。穿行，穿行，然后一抬眼，豁然开朗，眼前是一面碧水青山的景致。

一个洞口是一扇取景框——山是明亮的绿色，水在哗哗流淌。

这个隧道可玩度很高，人们会沉浸在各样的色彩和镜像中。也有一些细节，被展示在墙壁或地面上。匆匆而过的人或许会将其忽略，但只要细细观察，就会有新的发现。

最富有设计师的"恶趣味"（我倒觉得很有趣）的，是运用镜面材料做成的卫生间。

里面的人可以看见外面，外面的人看不见里面。

当你对着小便池滋着一线水柱时……外面的人与你只有一面玻璃之隔。

*

这实在是有趣的。

因为在艺术节中，人人都是艺术的一部分。

只有"你"参与其中，艺术作品才变得有趣。

与传统艺术相比，"以观念先行"的当代艺术作品一直充满争论性。

但在大地艺术节，艺术品本身反而显得"不那么重要"了，因为北川先生策划艺术节，最初的出发点，是"让更多的人来看一看日本的山区风景吧"。

在去日本之前，我们就买了北川富朗先生的著作来读。他在《乡土再造之力——大地艺术节的10种创想》中写道：

"艺术作品在这里成为新的路标，游人根据这些路标巡游整个艺术节的地区。"

他说，艺术作品让四季各异的自然之美表现得更加丰富多彩，也让层层累积的时间浮现眼前。这些作品让来访的人们打开五官，让令人怀念的传统记忆在自己的文化基因中醒过来。

"艺术只有在人的内心的反应的那一刻，才能作为艺术（美）而成立。仅仅只有艺术家，艺术（美）是不存在的。有观看的人，艺术（美）才被创造而出。"

或许，这才是艺术的一种观看方式吧。

艺术不只是封闭在美术馆里的。

它也可以在稻田里，在山坡上，在废弃的小学校，在无人居住的空房间。

*

所有人都没有想到，工作繁忙的北川富朗先生，居然能接受我们的约访，与大家进行了半个小时的面对面交流。

交流在里山现代美术馆的办公室进行。大家都很兴奋。

北川先生穿着印有大地艺术节金黄色倒三角logo的T恤，他的帽子也有同样的logo。

北川先生已经70多岁了，但是精神看起来很棒。我们准备了一些问题。问他18年前开始做大地艺术节的时候，会不会想到有一天会如此成功。他只是说，当初做这一切的想法其实很简单。

北川说，和中国山区乡村的情况非常相似，因为城市化发展，年轻人纷纷离开土地，乡村人口老龄化，大片土地被弃置荒废，"种田回报太低，还是到城里去吧"。

农家一户户地消失，而留下来的老人们总担心，"儿子下次回来大概是自己葬礼的时候吧"。

虽然年事已高，当地的老人们仍然要去山野间采摘野菜。生活在这片土地上的人，曾经与土地抗争、共生的力量渐渐消失，曾经的自豪感与认同感也渐渐消失。

"如果能为这些老爷爷和老奶奶创造出开心的回忆就再好不过了，哪怕只是短暂的也好。这就是大地艺术节的初衷。

　　"让艺术家把过去人们聚集的场所，把包含着一家人喜怒哀乐的地方的空虚和回忆变成艺术作品，展现在大家眼前。他们要赞美这里的生活，要唤起当地人们的自豪感，也要给来到此地的外来者以感动。这样，作品才能真正成为艺术，才能把自然、文明与人类之间的关系清楚地展现在眼前。"

　　北川先生说，举办大地艺术节，也是为了让当地的人们重拾生活的尊严与信心，让当地的老人们重展笑颜。

　　　　　　　　　　　　　　*

　　现在，18年过去了。

　　越后妻有760平方公里的山村和森林，变成艺术的舞台。它集合了世界上顶尖艺术家的作品，堪称"没有屋顶的美术馆"。大地艺术节，也成为当今世界上规模最大、水准最高、影响力最广泛的国际性户外艺术节。

　　艺术节也给当地凋敝的商业带来新鲜的活力，使新潟的乡村获得新生。人们来到这里，重新探讨现代和传统、城市和乡村的关系。

　　我们的艺术节向导德井先生，每天都开心地带着我们四处观展。

　　"我开心的，就是看到越来越多的人来到这里。"他说，"欢迎你们来看我们的稻田。"

02 稻米的极致：沿着水稻田的路线

山古志村。

日本新潟县的一个偏远的小村。山顶上的村庄。

新潟，有好吃到举世闻名的稻米。越光米，就是山古志村出产的稻米的品牌之一。小村位于新潟中部，深山沟沟，地势起伏，大面积的棚田鳞次栉比。

日本人说的棚田，就是我们的梯田。

棚田的风光，纯美至极。

在山古志村的清晨醒来。远山，黛影。云雾缭绕。太阳一点一点出来，给幽蓝的清晨涂抹上颜色。

起得早的，把照片晒在群里。那些没来得及起床的朋友，惊呼错过了一个亿。那些没来得及跟我们一起来日本的朋友，更觉得错过了几个亿。

*

这一路上的风景，自然是极其纯美。

当地的农协人员为了让我们体验一把稻米的落地，特地一早安排下田收割。

九月的稻穗已经熟得弯了腰，有经验的队友喊："呀，低头啦，熟了呀！"没经验的队友也就跟着有模有样地喊："呀，低头啦，熟了吧！"

一开始是镰刀收割。

过了一会儿，来了一台收割机。山谷志村种水稻的田中仁先生，开着小型收割机过来，真是羡慕啊。大家纷纷扔了传统

26　　　　　　　　　　　　　观看：大地上的艺术

体验镰刀割稻

体验收割机割稻

手工业的镰刀，投奔新技术去了。

我们也坐上去体验了一把，收割的效率真高。

我们站在稻田里，手持金黄稻穗，学着对面田埂上日本老先生的"chi-zi（起子）"发音，"咔"了一张大合照。

几天后，参观大地艺术节的经典作品之一《梯田》，大家簇拥着拍观景台上竖排的日文字，发现从右至左，写的就是四月到九月的农耕歌谣。

九月是：

长得高高的稻穗，几乎遮住了人影。

九月，挥动镰刀，收获每一粒稻谷。

从田间搬回沉甸甸的稻束，

观景台上的农耕歌谣

观看：大地上的艺术

只为在十月前能完全晒干去壳。

眼下可不就是挥动镰刀收割的九月？

*

　　"1997年3月，我第一次来到了白雪皑皑的山古志村。村民们的热情温暖了我。在后来录制的电视节目中，我和好友佐田雅志一起，就我们眼中的山古志村侃侃而谈。2001年4月，我以散落在木笼村芋川河畔的民居为背景，创作了《雪村》这幅画。当时正是冰雪消融的季节。"

　　这是日本画家原田泰治在《故乡，心里的风景》一书中的话。我读到这段话是在离开山古志村、回到杭州之后了。我记起书架上有这样一本书，说不定会画到我们这次去过的地方吧。一翻，果然，就连山古志村这样的小村庄，也会在书里出现。

　　2004年10月，山古志村遭遇了大地震，整个村庄差不多都毁了。我们在山古志村的展馆里看到了这个村庄重建时的故事。后来原田泰治也多次来到这个村庄，他决定为山古志村的重建贡献一点力量，于是画下了《山古志村的春天》。

　　"山上一片新绿，野菜在田里露了头，颜色鲜艳的锦鲤在池塘里游来游去。老婆婆在院子里晒着薇菜。山古志村的春天悠闲宁静，充满了怀旧的味道。"

　　我们在山古志村走过，满目的金黄的棚田就在车窗外。棚田高高低低，就像一幅画。

　　整个艺术节，处处可见稻米的影子。甚至，吃饭也是一种"艺术"。

　　在里山现代美术馆，有一场"米饭秀"。传到手中的白色单子上这样写着："米饭的味道差异非常微妙，但请享受它。"

　　"米饭秀"的工作人员将四种米饭，像冰激凌一样装在四个小格子里，每一种一小勺，格子旁边标着1、2、3、4号，让所有人评选出觉得最好吃的一种。

　　那一小勺，真少，因为少，又显得何其珍贵呀。

　　他们说："你可以把注意力集中在味道上，闭上眼睛去感受它。这是一个小小的区别。但如果你通过吃来感受土地，我会

里山美术馆米饭秀

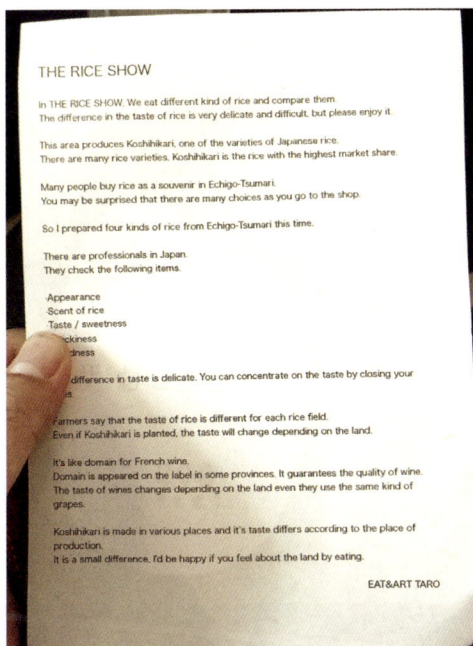

THE RICE SHOW

In THE RICE SHOW, We eat different kind of rice and compare them.
The difference in the taste of rice is very delicate and difficult, but please enjoy it.

This area produces Koshihikari, one of the varieties of Japanese rice.
There are many rice varieties. Koshihikari is the rice with the highest market share.

Many people buy rice as a souvenir in Echigo-Tsumari.
You may be surprised that there are many choices as you go to the shop.

So I prepared four kinds of rice from Echigo-Tsumari this time.

There are professionals in Japan.
They check the following items.

Appearance
Scent of rice
Taste / sweetness
Stickiness
Hardness

The difference in taste is delicate. You can concentrate on the taste by closing your eyes.

Farmers say that the taste of rice is different for each rice field.
Even if Koshihikari is planted, the taste will change depending on the land.

It's like domain for French wine.
Domain is appeared on the label in some provinces. It guarantees the quality of wine.
The taste of wines changes depending on the land even they use the same kind of grapes.

Koshihikari is made in various places and it's taste differs according to the place of production.
It is a small difference, I'd be happy if you feel about the land by eating.

EAT&ART TARO

米饭秀的言语

很高兴。"

同行的郭晨子老师说，来过日本的女生一定会喜欢日本，因为日本的小确幸太多。

最大的小确幸，大概就是对于稻米的讲究。

后来的几天里，为我们作大地艺术节导览的小蛇队成员德井先生，一见面开场白也如此："欢迎你们来看我们的稻田，希望你们喜欢我们的稻米。"

最后离开的时候，他说："希望你们回去，让更多的人来看我们的稻田，让更多的人，吃到我们的稻米。"

日本人，是多么为他们的稻米而骄傲啊。

*

即便到了东京，我们一行还是奔去了最繁华的银座，要看一眼网红店"一家米店"。

一家卖大米的店，开在奢侈品店旁边。

盛放大米的木质米柜中，有18种质地绝佳的大米。据说是店家经过耐心深入的实地调研，从100多种大米之中精选出来的。

每种大米都明确标有产地、日期等详细信息。标注上还有每种大米的口感，甜度、硬度、黏度一目了然。

这些大米当然很贵。我一边看一边在心里折算了一下，最

东京银座米店

便宜的一斤也要50多元——比我们"父亲的水稻田"出品的大米还要贵。

当然，这里的服务也是很好的。如果你对自己煮饭的能力不是那么自信，还可以参加店里的"米饭文化体验"，由专业人士手把手教你如何煮饭。

店里的宣传语是："从一碗热气腾腾的白米饭开始，寻找人生的幸福。"

当然，现在店里已经不仅是卖大米了，还卖与大米相关的食物、器具，一间小店已经成为一个生活美学的空间。

一个转身，所见皆美。

不得不佩服，人家可以把一件事做到这样的极致！就算是大米也不例外。

*

以前，我写过一篇文章，提到一本书《作为自我的稻米》（大贯惠美子著，浙江大学出版社），书中写道："柳田指出，在所有的作物中，只有稻米被相信具有灵魂，需要单独的仪式表演。相反，非稻米作物被看作是'杂粮'，被放到了剩余的范畴。"

这个民族，对于大米真是有一种从心而生的尊敬。

"每粒米，都蕴含自古至今所有农夫为了种稻而费尽心血的智慧，每思及此，都让我想静静合掌，表示感谢。"

在整个艺术节期间，稻米一路相伴，如影随形。而这一场大地上的艺术节，几乎就是稻米的推广。一拨拨的游客，从世界各地赶来。

这是一场日本的"乡村振兴"实践行动。所不同的只是，他们在18年前已经启程。

03　土地上的生活：四米深积雪与一条隧道

回来好些天之后，我们还在群里提到川端康成的小说《雪国》，说新潟的冬天一定很美，如果有机会还要再去那里。

"雪国"冬天的积雪很厚，听说有的地方达到四米。四米，呃，无法想象那里的人如何生活。

在"雪国博物馆"我们见到很多当地人的生活用具，比如

"雪国博物馆"里的农具

　　　　　　　　　　　　观看：大地上的艺术

各种各样的雪地靴——其实不是靴子，而是竹编的网状物。那是绑在鞋子下增大受力面积的，以便人能在雪地上行走而不致深陷雪中。

还有雪橇、雪犁、滑雪板……

人的聪明才智会在与恶劣的大自然的斗争中体现得淋漓尽致。

在艺术节上，我们参观到一个特别有意思的作品：《除雪作业现场》。

那是一个巨大的仓库，走进去发现里面有很多大型机器在轰隆隆地运转，它们是铲雪机、扫雪机、吹雪机诸君。机器周围拉着警戒线，还有警示牌，红色、蓝色的警灯一直在闪烁。嗯，很嘈杂，很工业，很重金属。灯光闪烁，大型机器好像已经开动，喇叭里传来提醒过路人注意安全的声音，甚至貌似还

展现雪中生活的艺术节作品

有一些雪渣渣飘在空中……

不过这一切都是艺术家虚构的结果。40岁的艺术家金氏彻平，把这个作品叫作"Summer Fiction（《夏日虚构》）"。

此时，我们依然无法想象这片土地上积雪深厚的冬日景象。

*

"穿过县界长长的隧道，便是雪国。夜空下一片白茫茫。火车在信号所前停了下来。"

新潟县的越后汤泽，就是川端康成写作《雪国》的灵感之地。我们也在那里探访了一条隧道。

山古志村除了地震、滑坡，还有长年的积雪——这个村庄一年当中大半的时间都会被埋在大雪中。但是他们依然会在土地上种植水稻，只要冰雪融化，即使收成不佳，人们也仍旧不辞辛劳地劳作：开垦山林，修建狭长而弯曲的梯田，种植与收获。他们不仅在严酷的气候条件下种出了好吃的稻米，还培育出了观赏鱼锦鲤，大量向世界各地出口。

农协的佐野小姐还带我们去看一条手掘的隧道。因为当地地势陡峭，山路蜿蜒，积雪时期，人们不得不翻山越岭才能出山，"行路难，难于上青天"。修建隧道可以缩短路程，"这样，要是有村民生病了，他就可以更快地被送往医院"。这是昭和时期带头手掘隧道的两位村民最初的想法。

两人就这样干起来了。

挥着小小的镐，挖出土来，再用竹编的箩筐把土背出洞外。

有点愚公移山的样子吧？

起先只有他们两个人在挖。挖着挖着，别的村民也加入进来。最后他们真的做到了。他们挖通了一座山，看见了山的那一边……虽然还是山，但是出一趟门，穿过隧道的话，至少要节约一整天时间呢。

　　而挖通这条隧道，这个村庄的人用了17年。

　　不可思议吧。我们进到那条隧道里，见到当年挖的隧道最狭窄处仅可容一人侧身而过。现在，那些人的名字，被刻在石壁上，被现在的山古志人时时怀念。

　　在离那条手掘隧道不远的地方，后来又重新开了一条隧道，是双向两车道的大路。因为是机械开掘的，倒也没有花费太大力气。但是这条古老的隧道，特意被保留下来以供观瞻；隧道中还展示着当年挖掘所用的铁镐，以及运送土石的手推车——似乎是用来告诉后来人，这个村庄的人们是依靠什么样的精神生活的。

　　他们是怎么样生活的呢?

　　看看他们的梯田就知道了——沿着山势起伏，高高低低、层层叠叠的梯田，在年轻人大多离开村庄奔去城市的今天，依然没有一片梯田被撂荒。

　　每一片梯田都长满了水稻——他们引以为傲的水稻。

*

　　摄影师加藤富二的小屋的窗外，有一片高大的树林，树林外面是成片的梯田。加藤的小屋占据了最佳的观景点。

　　加藤先生在他的小屋周围，拍下了这里一年四季不同的风景。

"写真之家"窗外的风景

　　现在，他的照片挂满了"写真之家"的四面墙壁，每一幅照片都有着令人惊叹的美。我们在一幅稻田的照片前久久驻足，向加藤先生询问是怎么拍到的——画面上，满田的稻叶结满了晶莹的蛛网，蛛丝在一定的光线作用下闪闪发光。

　　"是大早上，要有朝阳才好，而且必须整晚没有刮风……要是刮风，那就结不成网了。"

　　"写真之家"的窗外，四季在这里变幻，加藤先生住下就不舍得离开。梯田遍野，九月的山古志已被各种色彩填满。金黄、明黄、嫩绿、深绿。柿子挂在树梢，木槿花也开得正好。

　　从日本回来，我开始读一本朋友寄来的书——《六》。"六"是书名，也是作者的名字。他是一个日本人，流浪过好些地方，然后到了中国大理，在那里住下。后来他与妻子养育了三个孩子。一家五口住在一座简陋而舒适的老房子里。在大理七年，六用自然农法耕种两亩水田和八分菜地，全家人的吃穿用度基本依靠手工生产。

"只要甘愿承受日复一日地体力劳作，他们就可以自给自足地支撑起五口人的日常生计，过喜欢的生活。"

我觉得，这才是有想象力的生活。

我对认真种稻子的人都有好感。依靠土地生活的人，本质上都是内心富足的人。

*

在大地艺术节观展，俄罗斯艺术家卡巴科夫的作品《梯田》，是大家都要去看的。今年的农舞台，有一些来自不同国度

农舞台

土地上的人们的生活方式的展览。农舞台的观景台，可以望到对面卡巴科夫的作品，那是从春到秋，这方土地上的人们的耕种日历——"犁田、播种、插秧、割草、割稻、到城里贩卖"，这些平常的农耕劳作过程，被艺术家固定为雕像，展示在梯田里。

卡巴科夫用这种艺术的方式，对那些穿越雪国，在四季土地间辛苦劳作的人致以深深的敬意。

草间弥生的作品《花开妻有》，也在农舞台咫尺之侧。同行的朋友说，这个作品想要传达的，是"在越后妻有这片严酷的自然环境里，人们奋斗、生活，开出美丽的丰收的花朵"。

而北川先生说过——

"新潟之所以让人感到有趣，是因为人们必须花费相当大的功夫才能在这大半日子被大雪封闭的地方生存下来。日本也是

《花开妻有》

一样。在困境中，思考该怎么办，是一件有趣的事情。"

他还说："严酷的现实，才能开拓出文化。"

04　涩谷的微光：美所存在的地方

代官山　茑屋书店
TEL 03–3770–2525

·营业时间变更的通知·
9月17日（星期一）为了盘货，夜10时闭店
平日营业至深夜2时

书　人间国宝三代　田畑喜八的草花图　2160日元
书　花历　　　　　　　　　　　　　1728日元

到东京涩谷的代官山，我原是想去逛书店。统光兄是建筑师，与孜蔚兄二人直奔了街角而去。后来才知道，他们早就选定了目标。

书店名叫"茑屋书店"，这两年名声很大。人所不知的是，茑屋的旁边有七八栋建筑，是日本建筑大师槙文彦（Fumihiko Maki）的代表作。他是日本第二个获普利兹克建筑奖的建筑师，对日本本土建筑设计甚至西方的后现代主义建筑师影响巨大。

日本那么狭窄的街道，居然给他建了那么大一个纪念碑。

七八栋建筑，是1969年至1996年的近30年间陆续建成的。同一个设计师，在同一条街道，在那么长的时间段内，推出多项作品，估计在世界上也是绝无仅有。大师槙文彦的建筑设计，每一期的建筑风格都能看到时代发展的痕迹，而空间流线组织却一气呵成。在这些设计中还有一个特点，是以人为本，处处体现着退让、和谐的美感。

艺术家越峰兄说，"恭让谦和"的人文思想，在日本的角角落落都焕发着光彩。好的设计就是让设计没有第三者，有时候人变成了建筑，建筑成了人。

"美，不存在于物体之中，而存在于物与物产生的阴翳的波纹和明暗之中。"（谷崎润一郎《阴翳礼赞》）

此次一道参加日本大地艺术节文化考察、搞戏剧研究的郭晨子老师曾写过一篇文章，《昆曲折子戏里的光》（原载于《戏剧与影视评论》2016年第4期），提到了谷崎润一郎《阴翳礼赞》的日本式审美。请允许我在此摘录文章中的两段：

昆曲的演出环境和妆容服饰也曾经是暗的——在诸多戏曲

演剧史研究中频繁使用的明崇祯本《金瓶梅词话》第六十三回的插图版画上，清晰可见在主人的餐桌和乐队的一侧都有一人多高的烛台，火苗攒动。宴请场面纵豪气奢华，那"如炬"的亮光，能有多亮？以现代照明论，能有多少支光？

再如苏州园子里尚存的戏台，白日听曲消磨，戏台上怕是比日光下还要暗几分；夜晚宴客点灯，最夸张的也不过是《刘晖吉女戏》中的"内燃'赛月明'数株，光焰青黎"，最大亮度"色如初曙"，而"十数人手携一灯，忽隐忽现，怪幻百出"，依赖的恰恰是黑暗而非光明。

这种光的"退让"，与建筑上的"退让"，有一种互为呼应的关系。根子上，恐怕就是文化带来的审美观所致。其实也不只是审美，我们在日本行走，跟人打交道，也时时处处都可以感受到他们的这种思维与行事习惯。

*

当统光和孜蔚二兄流连在大师的建筑前，并被这一组城市设计教科书上引为经典的设计杰作深深震撼之时，我已经隐身于茑屋书店的茫茫书海之中了。

书店有三栋相连的建筑，底下一层互通，上面一层也有廊桥互通。书店内有咖啡、简餐、便利店，也有文创区、音像区，光是图书就有十五万种，简直可以说是书的海洋。

书多，然而并不乱。茑屋每一栋建筑内部都为书安排了合适的区域，文学区、设计区、绘本区……顺藤摸瓜即可。在书

店的任何一个角落，抬眼一望，都是一面书的风景，书与玻璃幕墙、屋外树影、室内灯光相得益彰，自成风景，忍不住要掏出相机来拍一张照；与此同时，在心里感叹，"世界最美的书店"这个称号给了茑屋书店，到底还是恰当的。

茑屋书店成立于1983年，曾开创了集书籍、唱片、录像带于一体的连锁书店模式，大获成功。算一算，书店能开30多年不是一件容易事。

六七年前，《纽约时报》有一篇文章说："电子书在迅速崛起，亚马逊以一种戏剧化的方式掠夺市场份额，大型连锁书店在灭亡边缘，独立书店要以关门应对这一切。"而今，独立书店的红

　　　　　　　　　　观看：大地上的艺术

火，大约要令人大为不解，仅是杭州，这几年书店越开越多，除了老牌的晓风书店、枫林晚书店老树开新枝之外，钟书阁、西西弗、单向街、最天使等书店一家接一家开起来。杭州之外，苏州的诚品书店综合体亦成为文艺青年打卡必到的地方。

茑屋书店已然是一个商业传奇。其定位于"生活方式提案者"，至2016年底，已在日本开设1459家门店，成为日本最大的连锁书店。

书店里的书都是日文的，好在很多封面都能读懂。逛了一大圈，最后买了两本，就是前面小票上有的：《田畑喜八的草花图》《花历》。

每次到日本，我都会买几本书。日本的书价贵，但正是因为书价贵，才能支撑出版机构把书做得那么精致。我这次发现，日本小开本的书特别多，尤其是那种口袋书，轻轻巧巧，可以随手揣在衣袋里，等车或在地铁上都能很方便地掏出来读几页。

相比之下，中国的书价就低很多，这两年随着纸张价格的上涨，书价也随之上涨不少，总体来看，也不过是日本书价的一半。这还不包括，中国的图书在网店渠道销售时，隔三岔五打折销售，力度最大时低至五折甚至更低。于是，在中国的书店里很少能看到这样的口袋书。原因就在于，这样的设计卖不了高价，没有出版社愿意做。为了拉高书的定价，出版社都只好做大开本、精装本，才能应付网店时不时地促销，以便维持生存。

前年我在日本买过几本书，其中一本是《美之壶》系列的书——《风铃》。书薄薄的，版式极精美，加之呈现的又是颇具日本之美的夏日风物，图文并茂，读起来赏心悦目。

后来还买过苔藓的书和写真书（摄影集）。日本人的写真书出得很多，有的极小众，居然也能支撑出版社去出这样的书，有些难以理解。

《田畑喜八的草花图》（光村推古书院出版），印制得很好，开本也合适。封面不知道用一种什么涂料，摸起来居然有革的质感。回来后查了一下，浙江人民美术出版社也于2016年12月引进出版了此书。

相比之下，《花历》就多是字了。不过因为写的是二十四节气相关的花事，虽读不了太多的文字，也愿意收来翻翻。

还有一本书《饭很好吃》。翻开来，版面用得太奢侈了，大量留白，只有一幅幅照片，拍的就是稻田的四季。其中一页只有短短几行字，我看不懂，请同行的葱花同学翻译出来：

秋天，到了，
稻子变得金黄，
在晴朗的天空下，
噼咔，噼咔，噼咔，闪着光

另外，在书店里逛，还有一个现象也很有意思，比如有一本美国人扎克·克莱因写的书Cabin Porn，台湾版刚出的时候，书名是《秘境小屋》，由浦睿引进简体版后，书名译为《木屋之色》。这次在茑屋书店看到，也摆在显眼的位置，日文书名翻译过来是《在小屋里，自然地生活》。

*

在书店里待了半天，天渐渐暗下来，书店里的灯光亮起来。

"美，不存在于物体之中，而存在于物与物产生的阴翳的波纹和明暗之中。"书店外面下起了雨。统光兄与孜蔚兄也回来了。大家仿佛从涩谷的各个角落里冒出来，我们在书店外的街角会合，人人都不说话，却看得出来很有收获的满意的样子。书店的微光在雨中看起来更添了一分幽蓝。

雪晒：
大雪催生的越后上布

在川端康成所著的《雪国》中，为了见到心爱的人而来到越后的东京男子，用这番文字来比喻他在情人身上感受到的"清洁"的魅力。

南云正则馆长早早在二楼准备了一盆鲜活的苎麻等着我们。绿油油的苎麻叶子有着齿形边缘，大家恍然大悟："这不是南方路边常见的植物嘛！"

南云正则是盐泽紬纪念馆的馆长，纪念馆位于日本汤泽南鱼沼市的织物文化馆内。过去，在十日町这一带，有三千家织布坊，上万户纺纱坊。石油危机之后，产量仅鼎盛时期的十分之一，往日响彻大街小巷的纺织机声一去不复返。像盐泽紬纪念馆这样生产久负盛名的越后上布的，更是为数不多。

01　用雪晒出来的小千谷缩

南云正则举起了早就准备好的一枝已经用水浸泡柔软的苎麻杆，很熟稔地剥下了一条树皮，细心解说一块布的形成——刮去外皮的麻条，用指甲细小地撕裂，分离成头发丝般纤细的麻线，再将纤维丝揉搓成线，最后用线来织成布匹。

48　　　　　　　　　　　　　　　　　　　　观看：大地上的艺术

　　这种需要花费漫长的时间织就的"自然布"，被统称为夏布。

　　因为苎麻的纤维比棉花的纤维长度还要长几倍，经过加工处理后的苎麻纤维光泽良好，颜色洁白，透气性非常好，吸湿易干，所以成为夏天常用的面料之一。

　　像这样由苎麻制成的，在过去不仅有越后上布、小千谷，还有能登上布、近江上布、奈良晒、宫古上布、八重山上布等。

　　越后上布受人青睐，在于它在每年有半年积雪的环境里，"在雪中纺线，在雪中织布，用雪水清洗，在雪中晾晒"。有雪才有"缩"（日文绉布之意），雪是"缩"之母，越后上布也叫"小千谷缩"。

　　连日的大雪之后，久违的春日暖阳不经意间洒满了大地，蓝天和雪原的巨大反差令人目眩神摇。茫茫白雪之上，耗时三个月用一根根细线织就的淡彩布匹，仿佛现代的装置艺术般在雪原上绘出了道道彩虹。

这时小千谷缩进入了它的最后一个步骤——雪晒。

雪晒是一种利用雪在阳光照射下蒸发时产生的臭氧来漂白的工艺方法。"雪晒"要选择积雪融化时的晴天，雪在紫外线的作用下缓缓融化，释放的臭氧能分解麻中的色素，让它最终呈现纯白色。这个过程还能提高布的韧度，让布更加柔软；解开纠缠的线条，使织物变得蓬松。

出生于汤泽的川端康成在《雪国》里，就描写了这种手工麻纱，在雪中缫丝、织布，纱线要在碱水里浸泡一夜，第二天早晨用雪水冲洗几遍，然后拧干在雪地上曝晒。这样要反复好几天。

人们自古便相信，三九天织出来的麻纱，三伏天穿会特别凉爽。这种衣料做成的衣物，每年冬天都要拿回原产地"雪晒"，这是相当奢侈的。

02　由雪带来的洁净的气质

"这样能做出苎麻本色的上等麻布，在雪和阳光的天然漂白下，麻布会变成梦幻般的纯白色。"

一旁的织造部主任星野绫正坐在居座机上精细而缓慢地工作。据说，这样将一根一根麻线精心排列织出，一天也仅能织出二十厘米左右。但相比之下，越后上布却已经有着一千两百多年的悠久历史了。在越后的正仓院中，仍保存有奈良时代越后出产的庸布。听说中世纪时期的京都贵族都会为收到"越布"

作为礼物而感到高兴。

确实，大雪赋予越后人民的不仅仅是坚韧不拔的性格。我们看看居座机上专注的星野绫就可以感受到这种魅力了，我想那更类似于高僧的禅定，令旁人看来心情舒畅而心生羡慕。而这种凝聚了心力织就的上布，气质强韧却又柔和。

北川富朗先生在研究越后一带时发现，正是半年积雪这样的环境促成了绢织的形成——还有什么比默默编织更适合大雪封山时做呢。在过去，祈愿凉爽夏天的同时，雪中纺线织布是日本女人的工作，在盛夏默默流汗砍柴让全家平安过冬是男人的工作。小千谷缩则诞生自越后人民无私互助的精神里，是冬天给予夏天的礼物。

当然，小千谷缩最令人向往的是它那如雪般高洁的气质。

在获得诺贝尔文学奖的文学巨匠川端康成所著的《雪国》

中，为了见到心爱的人而来到越后的东京男子，用这番文字来比喻他在情人身上感受到的"清洁"的魅力。

香港著名作家蔡澜很爱用这种织物作长衫，他夸这种被统称为夏布的面料穿了干爽漏风，但心底大概也更爱这洁净的气质。

沁凉的穿着感觉和触感在日本高温潮湿的夏季是再适合不过了。即便是如今，也和以前一样，上布以及缩布还是需要从每年的十二月开始花费三个月的时间在雪中制作。

苎麻和雪之间是有生命的交会的。"如果空气中的湿度不对，马上就会断掉，苎麻线的质量也会随之变差。"苎麻简直就像是雪的孩子，它和这里的人一样，更需要雪的护佑吧。

因此在所有人看来，越后上布是多诗意的一种制物手法啊，或许正是因为制作一匹布料也是如此美丽而郑重的事，才使每一块面料都呈现出艺术品一般的精致美好。

2009年，越后上布和小千谷缩，被联合国教科文组织列入非物质文化遗产名录，这在日本产布匹中尚属首次。这对于不擅长表现自己，如雪一样谨慎入微的当地人来说，该是多骄傲的事呢。

往年冬天将要来临之时，也许女人们为了织出好看的布匹，会轻轻地问："今年的雪多不多呀？"

不知道再过几个月，星野绫会不会也这样问馆长南云正则呢。

第二辑 人

在北川富朗看来，艺术是人类诞生时就有的精神轨迹，它像氧气一样，传递着我们最直接的生理感受。现在我们不得不用最单纯的方式再次追问，艺术作品所描绘的是什么？他在大地艺术节中给出了一个特别的答案——人类创造的东西都是"艺术"。

策展人北川富朗：
用艺术唤醒乡土

艺术家对当地的生活有了本质性的了解，他们常常将对当地生活的敬意传达给村民，这样，渐渐地，村民感知到对方的真诚，慢慢开始接纳，也试着去想——也许艺术真的不错呢。

　　北川富朗走到最靠近墙角的一个位置坐下来，他把白色的爵士草帽随手搁在桌面上，帽子上一圈的金黄色倒三角异常醒

与北川富朗先生在里山现代美术馆

目。如果再细心一点，你会发现他的米灰色休闲西装的一侧也别着金黄色的倒三角胸针，白色T恤中间也有一个大大的同款倒三角。这是越后妻有大地艺术节的logo。

在这片土地上，金色倒三角像金黄色的稻田一样蔓延，指示着游人穿梭于这片布满艺术品的土地。

01　我也只是想做个有意思的东西

"世界总是关注大的城市发生了什么。但对于日本来讲，农村存在着更大的问题。我想在这一点上，中国也一样。"

北川富朗主动提起艺术节要解决的问题。

里山现代美术馆

他说艺术节"类似你们中国的文化产业"。大地艺术节始于2000年，每三年举办一次。据统计，今年的第七届日本大地艺术节，累计参观人数已达51万人次，给当地带来了约50亿日元的经济效益。

自从越后妻有大地艺术节在全世界产生巨大的反响之后，来自中国，从省市到县乡一级的公共参访团尤其多。两个国家不仅都传承自几千年的农耕社会，还都在向现代社会转型时期遇到了相同的问题——乡村人口过疏，人口老龄化等。

对于急于解决问题的当局者来说，大地艺术节散发的蓬勃生命力闪耀着乌托邦一样的号召力，无疑使他们看到了一个令人向往的解决方案。

里山现代美术馆的泥土之墙

在国内的报道中，日本大地艺术节开始频频以"艺术拯救废弃乡村""用艺术激活乡村"的标题出现。北川先生作为艺术节的主策划人，也开始接受不同的政府单位的邀请来到大陆考察。不过艺术节反响这样大，他是没有想到的。

"一开始，我只是想在新潟地区试一试。而且，只是想在当代做一个有意思的东西，没有想到会有这么大的影响。我也没有那么大的抱负。"

北川先生所说的"有意思的东西"，大概指的是最初考虑的简单雏形——把艺术品陈列在乡间，这样子也许可以吸引外面的人来看，对当地的经济有所助益。

新潟也是北川富朗先生的故乡。在日本，县境的范围相当于中国的省。新潟位于日本中北部，濒临日本海，海岸线漫长而富于变化。不仅如此，它的东南部以越后山脉为中心，连绵分布着海拔2000多米的山地平原，是日本最主要的稻米产区。

但日本海一侧的气候特征是冬季多雪，平均积雪厚度为2.4米，最深的地方，可达6米。这里积雪时间长达半年，是世界第一大雪区。

大约在八十年前，出生在这里的著名作家川端康成笔下这样描述道："穿过县界长长的隧道，便是雪国，夜空下一片白茫茫。"北川富朗在关于艺术节的记录中也谈到了许多作品对"雪"这一特质的认识和运用。但最初要在艺术与乡土之间做点什么，需要对日本土地的各种特质有所了解，而这并不是他的强项。

1965年，不到20岁的北川富朗正在东京艺术大学美术部就学，在这一时期，他热衷于参加各种学生运动。他在《乡土再造之力——大地艺术节的10种设想》一书中还回忆了几点由"学生运动"而展开的经验之谈，他说："几次运动的失败，特别是日本左翼在指导农村革命中的失败，是因为没能得到大众的共鸣。"

在普罗大众的想法中，艺术与学生运动有什么关系呢？在乡村的村民眼中，令人搞不懂的现代艺术，就"简直是胡来了"。

"但艺术原本是表达自然、文明与人类关系的方法。"作为一个艺术策展人，探索艺术对人类认知的影响，是北川富朗一开始就在做的事情。

从东京艺术大学美术部毕业后，北川富朗最初致力于探讨公共艺术对城市发展的建设，策划过"安东尼·高迪展""给孩子的版画展""不要种族隔离国际美术展"。

1992年，北川富朗在首都东京的立川市，以收归国有的利川基地及其周边约5.9公顷的土地为对象，建设商业、服务业街区。立川市没有显著的地方特点，于是北川富朗提出"城市进景观的形成"，将主题定为"文化与亲和力"，具体呈现这种文化的方法之一是导入艺术。

立川项目在艺术策划上的基本点是希望对人们生活的城市的功能有所助益，也就是说，需要我们摆脱艺术与人们日常生活泾渭分明的、孤冷高傲的印象。立川项目虽然也只是让大家明白了可以通过艺术让人们对城市的资源有更明确的认识，但在以艺术为"有效手段"，来让公众对土地有更明确的认识这一点上，在此后越后妻有大地艺术节上得到了继承。

这样也就很好理解，那些看似与艺术本身毫无关系的，比如人口过疏、老龄化、手工业衰退等现象，都成了艺术节要解决的问题。

02　要赞美这里的生活，唤起当地人的自豪感

第二次世界大战战败的日本，在东西方"冷战"中被赋予了强力防波堤的角色，紧接着成为高度发展的资本主义国家，作为亚洲要冲，成为美国的重要盟友。北川富朗说："在这个过程中失去的东西，最显著地体现在这个国家大雪覆盖、人口稀疏的山区农业地带。"

随着城市化发展，年轻人纷纷离开土地。乡村成为贸易的牺牲品，人们不时听到"停止农业""奖励减少农耕"，甚至是"种田回报太差，还是到城里去吧"之类的"劝诱"。长年生活的村庄消失，守墓的人也没有了，老人家担心"儿子下次回来大概是自己葬礼的时候吧"。长期生活在城市里的北川富朗在调研时对这种无可奈何感到震惊，他发现，许多年事已高的老爷爷还要自己在山野间来回走动采摘野菜，老奶奶还要刨开积雪拔萝卜。他们曾是经历了战败顽强生存下来的人，但现在却因为无法维持生计，丧失了自身认同和生存尊严。

农家正一户户消失，那么，"如果能为这些老爷爷和老奶奶创造出开心的回忆就再好不过了，哪怕只是短暂的也好"。看到老爷爷和老奶奶脸上重新绽放的笑容，成了大地艺术节的初衷。

在艺术作品上，北川富朗把视线聚焦在梯田、挖渠引水的山沟、拦截弯曲河流后变成水田的冲击地等人们在生存中创造的成果上。让艺术家把过去人们聚集的场所，比如废弃的学校和空屋，包含着一群人喜怒哀乐的地方的空虚和回忆变成艺术作品展现出来。

艺术家要赞美这里的生活，要唤起当地人的自豪感，也要给来到此地的外来者以感动。这样，作品才能真正成为艺术，

才能把自然、文明与人类之间的关系清楚地展现在眼前。

这是北川富朗在大地艺术节中的一种实施形式，也是他对于艺术本身的一种长期思考。FARET立川项目始于1992年，接下来网络普及，全球化时代来临。全球化同样发生在艺术领域。艺术作品作为商品进入画廊和美术馆，作品价值被媒体和大众化形象左右，而不是取决于作品本身。这也是我们今天看到的艺术的模样。我们甚至理所应当地认为艺术是大部分人看不懂的，更是参与不了的。

但在北川富朗看来，艺术是人类诞生时就有的精神轨迹，传递着我们最直接的生理感受。现在我们不得不用最单纯的方式再次追问：艺术作品所描绘的是什么？他在大地艺术节中给出了一个特别的答案：

散布在路边的艺术作品

散布在田间的艺术作品

　　人类创造的东西都是"艺术"。

　　"人类饮食起居、种田耕地、捕鱼狩猎、纺纱织布、生儿育女等日常活动，包括每个时节庆典，都关乎人工与大自然之间的各种关联，都是艺术。与周围的人和自然环境息息相关的各种技术，都是艺术。生活中包含了艺术的一切，艺术掩埋在生活中。"而我们现代人所认为的舞蹈、音乐，可以归为"纯粹艺术"，北川富朗认为它仅仅是艺术形式的一种。

　　另外，早在1990年，北川富朗在德国看到明斯特的"明斯特雕塑项目"和卡塞尔的文献展，一度打破了他对美术馆的艺术存在方式的看法。后来，他遇到了将巨大建筑和大自然捆绑的克里斯托，并于1990年在日本与其见面。北川富朗认为"克利斯托有一种'庆典性质'"，而他的作品，是大家协作完成的巨大庆典。

艺术也曾是预知社会危机的事物，是人们所庆祝的事物，原本就具有庆典性质。这种性质能够保持发现性，以及维系人与人之间的关系。那么，大地艺术节也可以将普通人聚集在一起，来改变日渐凋敝的日本乡村吧。

这样想，以庆典形式来举办艺术节，脱离美术馆，让世界各地的人来到这里，路过山林、田野，最终与这片土地上的生活记忆产生共鸣，那也是非常自然而然的事了。

03 如果当地人不能理解的话，其他协助都是没用的

不过，在北川富朗确认了想法，开始举办艺术节的时候，当地公众明显是持反对意见或者直接无视的。许多创作要在当地人的土地上进行，许多土地拥有者的第一反应就是拒绝。更夸张的是，一些严厉到将游说的志愿者团队骂哭的状况也时常发生。

对于怎么处理和当地人的关系，获得他们的理解和支持，常常是中国参访团最想要了解的一个问题，这也是北川先生认为最大的一个阻力。

"如果当地人不能理解的话，其他协助都是没用的。"

但这不仅仅是土地关系的问题，而是因为作品本身不仅仅是一件作品。北川富朗举了个例子，如果废弃的学校仅仅是由艺术家一个人完成，那能表达的显然远远不够。因为艺术节最初的构想，是要与当地人的生活记忆相互融合，参与到其中的当地人、艺术家与观看者，都要产生共鸣。

"艺术节每三年一次，三年一共1095个日子，展期只有50天，其他1045天，所以请大家不要忘记了做艺术品需要一个长期的过程。"当我们询问北川富朗能否给中国一些建议时，他这样回答。这些作品之所有具有强大的力量，是因为艺术家们进入他人的土地，在与土地的碰撞中创作出了这些作品。

关于村民的理解和支持，北川富朗在《乡土再造之力——大地艺术节的10种设想》一书中有更加专业和深入的阐述，他提出了艺术家与一般人之间的"共犯性"——艺术不仅仅是爱好者的封闭空间，他要将其推向可能出现的批判的世界性中。"共犯性"是对日本艺术史的一个批判，也指出现代艺术的非大众性是因为现代艺术的引入方式有问题。

在大地艺术节中，"共犯性"的表现就更加具体了。人们不了解现代艺术，特别是生活在农村的人们，对上头来的"正义"产生了直觉性的反感。但这又很有趣，随着项目的推进，艺术节不断获得理解，大地艺术节从"共犯"变成了"协作"。越来越多的人参与到其中，大地艺术节成为许多人的艺术节。

很多的艺术家来到当地，总是深入了解依然封闭的土地，审视村庄，与村民聊天、共处。在一些大型项目当中，能委托当地从业人员完成的，他们也尽量交给当地人来做。对于艺术家来说，这也是一个很特别的过程——比起工作室或画廊，更难进入的是别人的家里或农田里。

正是这样，艺术家对当地的生活有了本质性的了解，他们常常将对当地生活的敬意传达给村民，这样渐渐地，村民感知到对方的真诚，慢慢开始接纳，也试着去想——也许艺术真的不错呢。特别是在2004年发生的中越大地震后，艺术节的志

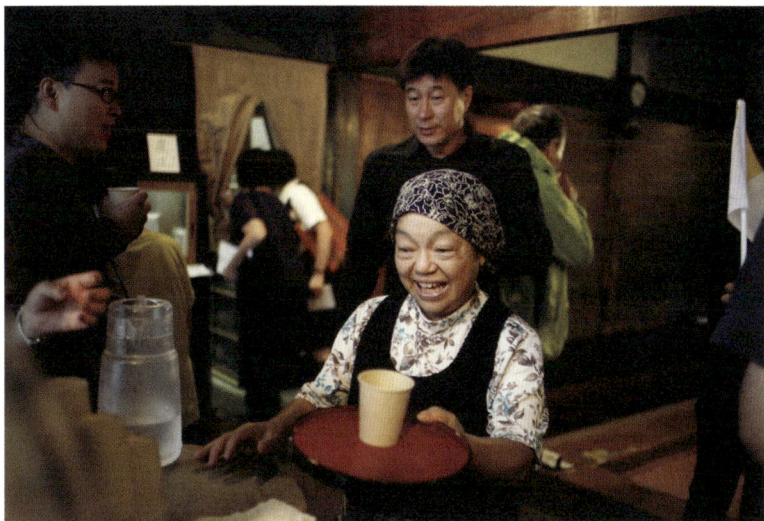

在"产土之家"开心工作的奶奶

愿者展开了"帮助大地"项目，对灾民展开支援行动，进一步构筑了互相的信任关系。当地人开始帮助他们搬材料，制作混凝土，将热情释放到共同创作中来，现在一到秋天，大家就期待着下一年大地艺术节的来临。而来自国外的心情愉悦的艺术家们离开这里，在全世界移动，更是将越后妻有和全世界连接起来。

与北川富朗的会面时间非常短，他总是有非常多的事情要忙。他还是重申，自己没有太大的抱负，想法也非常单纯："这是一个与金钱无关的世界，要是这个环境这么恶劣的地方也能成为一个乌托邦的话，哪怕只有一瞬间，我都想把它一直这样做下去。"

访谈：对于过去生活的一次回溯与新生

稻田读书：大地艺术节已经举办到第六届，总共时间长达十八年，最大的感想是什么？

北川富朗：我没有想到会有这么多的来自世界各地的人来参观艺术节。还有许多人加入了我们的志愿团队，包括许多中国志愿者。也没有想到有越来越多的作品可以留下来。艺术节每年每届约180件作品，大概150件作品要撤掉，能留的大约30件，因为存留下来的作品需要志愿团队贡献管理精力。但这其中，有些原本要撤掉的作品，村民自发要求保留下来，自愿去维护。

稻田读书：大地艺术节的作品属于委托作品，它与一般的艺术作品有什么区别？

北川富朗：艺术家创作一件作品，常常是单独的、个人的，会很有想法，很有意思。就像我对大地艺术节的初步构想，也是仅仅从策展人的角度，想做一个有意思的尝试。但是大地艺术节的作品不光光是艺术品，它的特别之处在于，它们陈列在哪里。这个背景才是最有意义的，因为这是对于过去生活的一次回溯与新生。这样的结合一开始我就在思考，同时也是想要吸引更多的人来看。

稻田读书：我们知道，您也数次到中国一些地方考察过……

北川富朗：对，而且近年来邀请我的非常多的是中国省市县一级的政府相关人员，这是我没有想到的。不过中国和日本其实在一些地缘和文化上非常像，当然，关于老龄化、乡村凋蔽的现状也非常像。

稻田读书：那么到现在为止，为什么还没有在中国开展大地艺术节？

北川富朗：一方面是考虑到精力，感觉最多只能做好一个地方的事情。另一方面，中国也的确有很多制约因素。特别是对于某些方面的理解，或许还存在非常大的问题。（编者注：2018年的11月初，大地艺术节项目正式落地浙江桐庐。）

稻田读书：您说过，艺术节最大的阻力是获取当地人的理解，那么在艺术审美这个更普遍的问题上，当地人能够理解吗？

北川富朗：这个并不难，艺术家创作沟通的时候就可以发现，审美是一个人的本能，而且沟通的过程非常有意思。这点在中国也是一样的，并没有说艺术家创作的东西村民就会理解不了。

稻田读书：如果中国想要创办类似的活动，有什么建议吗？

北川富朗：其实并没有那么多人对做这件事情感兴趣，我们的一个基点，就是要尽量带更多的人来，这是最重要的事情。

导游德井先生：
欢迎来看我们的稻田

"相比之下，在美术馆里的艺术品，就很难体现出这样的生气，和自然界结合在一起的大地艺术节，更能体现出让人感动的魅力。"

"啊呀，那可太多了！"

当我们问到印象深刻的一件作品时，坐在对面的德井先生激动地用手捂住了脸。我们的身后是森林学校，走完这一站，为我们作了三天艺术节导引的德井先生将与我们分别。

德井先生是大地艺术节志愿者团队"小蛇队"的一员，也是我们此次日本行的导游。在见到他之前，我们以为"小蛇队"成员应该都是为了艺术节身体力行四处奔走的年轻人，哪知道是穿着清爽蓝格子衬衣的已经退休的德井先生呢。

"现在大地艺术节所在地人口是越来越少，而且真正种稻米的人也越来越少，就是为了这一点，让这个区域能够复兴，就有了大地艺术节。"

德井先生站在车前面对我们，满脸笑容地向我们展示车窗外的稻田。他是艺术节的举办区域十日町人，从小在这里长大，十八岁后才去了东京念大学，大学毕业后，一直留在东京的一家银行工作。

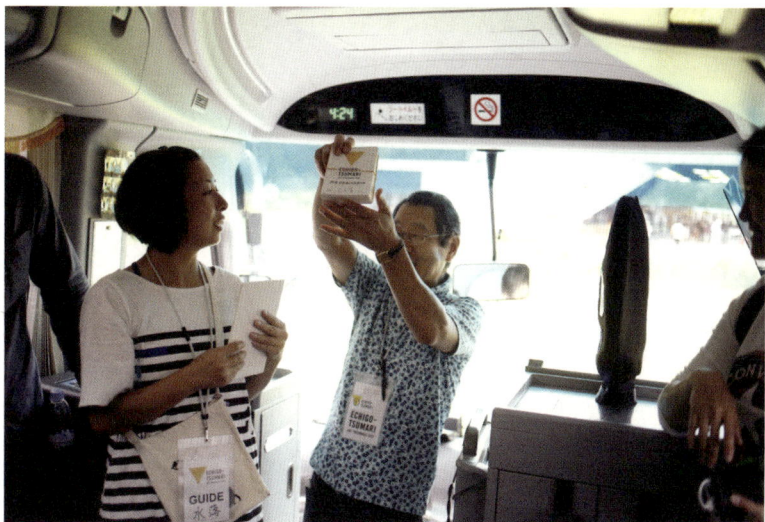

　　"也就是说，这片区域有很多作品，就有很多人会来。正因为有观赏者，所以对我们有非常大的鼓励和帮助。"

　　德井先生一定很热爱自己的家乡，因为他一直不停强调，当地产的蔬菜和大米，大家吃完以后都觉得非常好吃。他认为这对于2004年大地震之后，恢复当地人的自信非常有帮助。

　　导游小组的"小蛇队"成员大部分都精力饱满，有点吵闹，但都热情开朗。不过和德井先生不一样的是，一开始，大部分"小蛇队"成员都是学生，他们暑假过来为艺术节活动帮忙，周末又要去兼职。"小蛇队"队员换成大人后，他们总是在周五的晚上离开东京，周末在烈日下工作，因为艺术节总是安排在夏季。他们周日晚又回到东京，第二天准时上班。

　　德井先生不用这样奔波，因为他已经六十七岁了。在东京工作了40年的他，退休后回到十日町老家。在艺术节开展期间，他白天是导游，每天的行程结束后，他又可以回到十日町的家中去。

北川富朗先生说，在艺术节中，实现"共犯性"与"协作"的决定性作用的，就是"小蛇队"。这个艺术节的后援组织，超越了年龄、区域。在中国的许多网站上，我们也有许多年轻人在自发组织去当志愿者。在当地，我们也可以看到很多稚嫩的面孔。

小蛇队的组织没有规则，没有领导人，年龄从十几岁到八十几岁都有，看来德井先生还是非常年轻的呢。成员是流动的，但做了登记，有人只在艺术节时期来，也有人一整年都在这里。

德井先生应该不只是在艺术节举办的时候才活跃在第一线，他告诉我们，他最喜欢的作品是《学校不会变空》，因为他曾亲身参与到这件作品的创作中来。这件利用废校来创作的作品位于十日町中央区域的一个叫作钵村的山间村落。学校原本叫作真田小学，是全村人的母校。因为大家都想要学校继续保存下去，艺术家就以"生命记忆"为主题，用立体绘本创作了一个转校生回到学校遇见妖怪，通过回忆使学校复活的故事。创作这个故事的材料，都是艺术家还有当地的村民从伊豆半岛的海边和日本海收集到的漂流木和树木果实，在创作过程中他们给木头涂上了颜料。

"小蛇队在周边开垦田地，甚至还有队员生了小孩。"

德井先生生活在东京的四十年，也常常去看艺术展。但美术馆里的艺术展和田野上的艺术展给他的观感很不一样。来自世界各地的艺术家和艺术作品传达着不同的价值观，这是开阔视野的一个好方法。而作为一个回到当地的人，能认识很多人，跟很多人聊天说话，是一件生趣盎然的事情。

"相比之下，在美术馆里的艺术品，就很难体现出这样的生气，和自然界结合在一起的大地艺术节，更能体现出让人感动的魅力。"

不过一开始，"小蛇队"的工作可不是这样顺畅的。在艺术节刚开始举办的时候，北川富朗先生号召年轻志愿者冲在前头，去与当地的村民沟通关于艺术社区的营造问题。吃闭门羹是家常便饭，有人把"小蛇队"当作新兴宗教破口大骂，有人反问他们："现代艺术？你开玩笑吧？"

比如俄罗斯艺术家卡巴科夫在农舞台对面创作的《梯田》，一开始，看到外人到祖上传下来的宝贵土地上创作，当地人强烈反对。2000年第一届大地艺术节时，日本艺术家矶边行久要在信浓川流域的稻田上创作《河流去了哪儿》，他打算用杆子重现100年前信浓川的河道走向。28名土地所有者最初的反应是："在犁好的田里挖坑、竖杆子，简直是胡来！"

当地的老人们不明白，政府有钱为什么不多铺路呢？为什么不多建设养老院呢？他们想不通为什么有人会想要这么做。这些艺术家是谁？他们做的奇怪东西有什么意义？对村民有什么好处？还要打扰大家的农作和耕田，因此很多村民都不喜欢这个艺术节。

真正把大家连接起来的是2004年那场中越大地震，"小蛇队"帮助当地的人赈灾、看护、农作，人们开始真正相信也许这些看起来一厢情愿的人能够做些什么。更重要的是，真的有越来越多的人来到这里，就像德井先生说的一样，这里的稻米产量又要多起来了。而村民们参与到充满生活记忆的艺术品当中来，他们还时不时给艺术家提供一些"切身"的记忆呢。

到了今天，已经陆陆续续有上千名的"小蛇队"队员参与到艺术节中来，不知道他们是不是和德井先生一样，总是以"欢迎来看我们的稻田"作为开场白呢？

志愿者"羊羊羊"：
艺术节手记

"我在《T173 绘本》和《果实森林》放了一小时羊，打扫了一小时小学校，然后在餐厅熬了整整一天的咖喱还有刷碗烘干……"

　　"羊羊羊"是我们在日本参访完艺术节才结识的志愿者，也就是"小蛇队"的一员。因为采访时北川先生说，中国的志愿者大部分都来自台湾和香港，羊羊羊大概是为数不多的来自大陆的志愿者之一。找到她也很偶然，今年艺术节开幕前夕，在日本留学的她在网络上发布了征集志愿者一同前往艺术节的帖子，通过这些帖子我们找到了她的微博，就发现她的微博上，满满当当全是艺术节的照片。

　　年龄：25 岁
　　来自河北保定雄安，日本留学第三年，环境学硕士在读

　　稻田读书：是因为什么样的原因知道日本大地艺术节，并参与到"小蛇队"中来的？
　　羊羊羊：缘起很简单，偶然间看到了一个微博大 V 的介绍，就看到"小蛇队"在招人的信息。而且作为一个文艺青年，我

本身也很喜欢参加志愿者活动。当时就感觉，相对于普通的参观游客，成为艺术节其中的一员，可能会更有趣吧！再加上我在日本留学，于是暑假抽出了五天时间去体验。

稻田读书：作为"小蛇队"的一员，每一天的日常是怎么样的？

羊羊羊：小蛇队的宿舍由乡下的中学宿舍改造而成，离十日町总部的越后妻有里山现代美术馆有一定的距离，所以我们每天都需要大巴接驳，六点起床，七点坐车（要是错过了就得搭老乡的车进城），八点到总部开会，分配任务，九点正式"上工"，十点就在自己当天负责的展区开门迎客了。

每次开会前，大家会人手分到一张黑白手绘的"小蛇通信"，十分粗糙，但是特别可爱。这张卡片用来总结发布当天的小新闻信息，比如昨天发生什么好人好事了啊，天热防中暑要多带水啊，还有今天哪个节目在哪里进行采访或者演出……当然也可以用来反映问题啦。志愿者司机大多都是本地的中老年成员，不过都十分活跃噢。

每个"小蛇队"成员安排任务是半随机的，每天都会变化，当然你也可以和负责人商量，想去哪个展馆。通常是一个人负责一个作品，如果展区很大，那会安排两至四人。知道自己当天负责的作品后，就去领任务包，任务包里装着当天的工作流程——包括钥匙、锁的密码、灯光位置、作品介绍、售卖周边、门票、护照、印章、消毒包和驱蚊水（典型的日式事无巨细）……任务包以日语为主，如果碰到好心的前辈，可能会有中文标注。

观看：大地上的艺术

晨会任务包

　　背上任务包，找到小伙伴，然后就可以去找司机了。大地艺术节的作品散落在山里，所以每位司机的车里大概会坐四至七个人，司机按照路线把大家依次送达。如果司机够好，还可以趁机去看更多的作品。因为小蛇队不给志愿者提供饮食，所以司机会带我们去便利店采购午餐便当及饮用水。晚上按照约定的时间，司机再来依次接人，送回总部。

　　我们每天就是按照这样的任务流程开门迎客，解答游客问题，到时间收工回宿舍，并为下一位志愿者做好第二天的准备工作（比如更换好蚊香之类）。

　　稻田读书：在期间有遇到过特别感动或有趣的人和事吗？

好吃或者好玩的也可以。

羊羊羊：太多太多了，每天都是有趣的人和事儿！

我在Doctor's house时，附近老奶奶操着一口流利的方言过来聊天，十分亲切地给我们科普这个房子的前世今生，而且还偷偷告诉我们——这里闹鬼。我和另一个姑娘才恍然大悟，为何明明不大的馆偏偏要安排两个人……

"小蛇队"志工是什么都干的。比如我在《T173绘本》和《果实森林》，放了一小时羊，打扫了一小时小学校，然后在餐厅熬了整整一天的咖喱还有刷碗烘干（当地NGO的创收窗口，其实也不赚钱，雇不起那么多人，于是每"条"去的"小蛇"都不免要去帮厨）。这个咖喱饭特别有名，制作过程真的不要太良心，十几个洋葱，不停搅拌一小时，只熬出小小一坨，从此不敢轻易抱怨为什么看似简单的料理价格离谱。（如果谁对价格）有什么不满，对着我这累得几乎要残废的胳膊和老腰来讲。

"小蛇队"志愿者们大多是世界各地清贫而正值青春的年轻学生，又以台湾、香港两地为最多（大陆非常少，第一是它在大陆的知名度尚不够高，其次可能还有签证原因。不居住在日本的人可能很难花费金钱和时间特意飞来为艺术无私奉献）。学生志愿者们过来的主要目的类似打工换宿，许多人会一直待到艺术节结束。

所以志愿者的宿舍每天都叽叽喳喳，青春荷尔蒙涌动。我在的小团体都是酒精爱好者，晚上我们常常溜出去走好远去便利店买酒，大家前一晚喝得脸红红聊到后半夜，第二天一早爬起来哈欠连天去干活也完全不耽误。还有个泰裔小哥暗恋一日本女生，女生临行前一夜我们急得抓耳挠腮，打算助攻，小哥

食堂早餐

就是迟迟不敢表白。最后我和日本小哥May演技上线，帮他们以合影为借口，拍到了一张貌合神离的珍贵合照，也算给小哥一个念想。啊，说远了。

　　因为"小蛇队"只提供免费住宿，三餐仍需要自己负责。宿舍附近穷乡僻壤资源有限，所以很多人会选择订食堂餐。我只订了一次早餐，觉得非常不符合日本早餐的一贯水准。临走之前才知道：食堂阿姨曾在本地开饭店，因为太难吃倒闭，成为一个流动做饭的厨子。艺术节经费紧张，只能聘请最便宜的她。结果是，大家纷纷退订了晚餐，去超市疯抢打折便当。

　　当地老乡对我们十分好，经常给我们送来各种当地的新鲜水果蔬菜，还有宝贵的大西瓜给我们加餐。我最后一天在吉米

老乡"扶贫"赠送的蔬果

老乡的爱心南瓜

的 *Kiss & Goodbye* 当班，当地的志愿者老爷爷请我们喝果汁，吃甜品吃冰，收工时还送了我们一大筐没卖完的南瓜，让我们带回宿舍食堂……有游客看到了，十分想买，我说你们喜欢就拿吧，然后他们挑了两个，欢天喜地地走了。

当然，对于我来说，也有特别浪漫的事。有19岁的法国小男生拉着我绕过门禁，我们一起躺在越后安静极了的夏夜里，一起听着歌看满天繁星……

稻田读书：艺术节带给自己最大的感想是什么？觉得它对自己的生活有哪些启发？

羊羊羊：开着车在山路上峰回路转，与一件"随意摆放"的艺术装置不期而遇的那种感觉，对我来说是最惊喜又难以言喻的。这很神奇，如果是在美术馆里，我想是不会有这样的感觉的。而有时候我们刻意寻找，也很难找到。不经意间的惊鸿一瞥，往往才最惊艳也最让人怀念呀！

稻田读书：谈谈自己最喜欢的一件作品吧。

羊羊羊：说实在的，大部分都很喜欢，只摘录下印象最深的那次吧。

"世界级的户外展览，三年一度的越后妻有大地艺术节。小电车穿山而过，在一片漆黑中，车顶出现了银河宇宙，在治愈系音乐的陪伴下豁然开朗抵达松代。一下车就是满满的艺术气息，梯田间散落着雕塑和展品。这还不够，登上观景台不经意看到悬空的赞美诗，才发现，这个作品的灵魂不止于此。古民居里的屏风是《春夜宴从弟桃花园序》，看到'夫天地者万物之逆旅，光阴者百代之过客'。此情此景，直击心灵。"

这是在2018年8月19日记录的。

稻田读书：中国和日本在地理文化上都有着相似性，你的家乡和大地艺术节的主办区有共通性吗？

羊羊羊：我是学环境的，近年日本有关"里山"振兴的话题很热。

所谓里山，通俗来说就是深山老林，因为年轻人都去大城市打拼，留守的老年人也无法对这些资源进行利用和管理，久而久之也就荒废了。大地艺术节将两者有机结合，去表现其中的和谐之美。举办艺术节这种既可以给人带来美的享受，又能一定程度恢复地域活力、促进经济发展的活动，是一举多得的好事情。中国从大的社会角度来看，现在同样也面临着老龄化、少子化、空巢老人的社会问题，我一直觉得有非常大的借鉴意义。

稻田读书：在国内有参加过类似的活动吗？

羊羊羊：很遗憾没有参加过。

稻田读书：觉得在中国实现这样艺术节的可能性大不大？为什么？如果有可能，自己还会参与到其中来吗？

羊羊羊：中国并不缺乏越后妻有这样的旅游资源，这边也只是普通的山野乡村，所以硬件条件肯定足够。差别在于，日本作为发达国家，经济发展程度及老百姓的生活水准和受教育水平相对更高，对这种活动的参与性也会比较强。

不过我国遍地人才，相信一定也不乏像北川先生这种有情怀，愿意投入精力和资金的人和企业。经济基础决定上层建筑，如果各个方面的条件都平衡好了，可能性还是很大的。不一定复制，甚至可以增加我们的中国特色。届时如果可以成真，我一定会去捧场呀。

稻田读书：还有什么特别想告诉大家的吗？

羊羊羊：大地艺术节的周边产品做得特别好，让人很愿意花钱购买。然后还有三年一度的大名鼎鼎的濑户内国际艺术节，与山里的志工"小蛇队"只有一字之差，海边的志愿者被爱称为"小虾队"，感兴趣的不要错过噢。

第三辑　艺

　　大地艺术节和著名的现当代"威尼斯双年展"等是两条完全不同的路线。我们熟悉的艺术世界实际上是在制造审美的奇观，让思想的新方向变成具体的秩序出现在人们面前。这种具体的秩序有可能会对人们有所启发，但是这并不是面对普通人，而是面对掌握着世界的资源与权力的人。而其手段是通过"销售"，让艺术以"物"的形式被他们收藏。

以"地球环境时代的美术"为主旨的第七届大地艺术节，以越后妻有当地的地理样貌和人文风土为线索，特地将艺术作品按照"里山·土木篇"和"信浓川·河流阶地篇"这两个主题进行线路设定，由此形成了四个版块——"一丈四方的空间""源自人类土地的自然艺术""以人为介质的艺术流动""追溯人类的本源"，一共展出了来自44个国家的378件艺术作品（包括历届制作的206件作品）。

值得一提的是，今年是大地艺术节自举办以来，中国艺术家和机构参展最多的一届。其中包括了来中国大陆的徐冰、MAD建筑事务所、王思顺、邬建安、高瑀、张哲溢、郑宏昌等，中国台湾的幾米、刘李杰、林舜龙、向阳、王耀庆，中国香港的伍绍劲、Hong Kong House Project整体项目，以及参加"方丈记"项目的C+Architects、大舍建筑设计事务所等，在数量上与往届中国参展艺术家和机构参展的作品总数基本持平。

众多中国艺术家的作品异彩纷呈，备受关注，成为艺术节一大亮点。

艺术的纽带作用在于它的互通与交流，更多中国艺术家的入驻，成为本届大地艺术节的一大亮点。我们也不禁注意到，这样一个以自然环境为生态基因、以文化为主导的盛大活动，在传达形式上的"特殊"得到了越来越多的艺术家的认可，在"乡建工程"上的成就也获得了社会更广泛的认可。

MAD 建筑事务所：
《光之隧道》

2018 年，第七届越后妻有大地艺术节参展作品

由中国著名建筑师马岩松带领的 MAD 建筑事务所在 2018 年首次参与大地艺术节，改造了一条有 20 多年历史的观光隧道，

《光之隧道》之"镜池"

观看：大地上的艺术

作品名为《光之隧道》。

MAD改造的观光隧道全长约750米，是1996年当地专为游客游览日本三大峡谷之一的"清津峡"所建造的。受中国古代哲学系统观"五行"启发，MAD在隧道中的每处空间加上纯粹的"一笔"，为每个空间带来了独特的神韵，一节一段让人感受到不同的氛围和张力。神韵合而为一，便成灵魂。被重新激活的隧道，就像是一出令人入神的情景剧，将时空拉开，带人们抽离现实，进入想象之地。

"天河"——木（纪念品商店＆温泉足浴）

近隧道入口处，新建了一座符合当地风貌的木屋，高耸的坡屋顶可以防止冬天的积雪。建筑物一层是纪念品商店及咖啡厅，展示、出售当地村民的手工艺品，也可作短暂休憩用。二层的温泉足浴池是一个暗空间，屋顶洞中的镜面巧妙地将建筑外的峡谷及水流反射至室内屋顶，成了"天上的河流"。

"色"——土（隧道）

总长约750米的隧道，改造前以白炽灯照明，平淡无奇。MAD在每段隧道中加入不同色彩的昏暗灯光，衬着层次丰富的玄妙轻音乐，隧道的气氛瞬间变得神秘、微妙，人们对未知的好奇心、想象力被无限放大。

"窥"——金（第二观景台）

"泡泡"来到了日本的深山中。第二观景台中央的"泡泡"实质是一处卫生间，单面透视镜使得只有室内可看穿室外。"泡泡"内的使用者，就像是实现了无数人儿时当"隐形人"的愿望，不被人发现，看游人百态，静对自然。

"滴"——火（第三观景台）

MAD在观景台墙壁上加装了多面水滴形状的镜子，就像是在沉闷坚实的穹顶凿开一个个通往未知空间的洞，人们在现实与超现实这两极之间，寻找自己的定位。

"镜池"——水（第四观景台）

在光之隧道的尽头，一片水面将半圆的洞口反射成为一个完整的圆形的时光通道。洞顶墙壁铺设的磨砂不锈钢板将外面的山水天空的光线反射到隧道内部，内和外的边界模糊了，波光粼粼的水面也虚化了现实的天空和云。光变成了画笔，水、阳光、天气的变幻变成了颜料，为自然增添诗意。人们身处其中，像是飘在云端，在天地中漫步，脚下的水正是清津峡的河水，在真实和虚幻的边界，人们也许会找到各自心中与远方对话的通道。

《光之隧道》是MAD的一次艺术体验尝试，尝试将人们从纯粹的观察者，变成真实的体验者；它也提供了一种氛围，让身处自然中的人们去想象自我与世界、与自然的关系。

蔡国强：

《蓬莱山》

2015 年，第六届越后妻有大地艺术节参展作品

    《蓬莱山》由模拟自然山体的装置、当地人用稻草编制的飞机潜艇以及火药爆破装置等部分组成。

    蓬莱是传说中位于东海之外的海上仙山，秦始皇时期，徐福东渡访蓬莱，被认为是中日文化交流的肇始。蔡国强的展览，某种程度上投射现实，表达了和平的愿望。

    展览位于大地艺术节的中心——越后妻有里山现代美术馆，中心池塘是一个完全与自然相接的展厅，阳光、雨水、雪花都能直接落在这里，四周是走廊式的展厅。《蓬莱山》就在池塘中，在水中央的这座小岛上满是生机盎然的绿色植物，整体呈山的形状，而且不时地从中冒出仙气般的水雾。

    在四周的走廊展厅里，密密麻麻悬吊着用稻草做的飞机、潜艇，使整个作品的氛围更奇怪、更好玩。值得一提的是，这些稻草编织的作品，都是当地人在一位 86 岁的老手艺人的指导下做出来的。

    喜欢用爆炸来表达艺术想法的蔡国强再次使用了引爆装置。他说："我是一个很喜欢控制的人，所以我才需要爆炸来破坏我

自己，但是同时我也一直很欣赏自己经常所处的迷失的状态。"

爆炸声转瞬即逝，火药画却在爆炸中创作出来。在长达160米的画纸上，呈现出缥缈的"蓬莱仙境"，不仅有山、有水，还有飞鸟、游鱼。

孩子在这次展览中，是很重要的参与者。当地的孩子不仅能参与爆破画的创作过程，此外，蔡国强还做了一个系统软件，叫作"东亚儿童艺术岛"，通过这个岛，孩子们可以跟艺术家做创意游戏，他说："东亚儿童艺术岛里面的岛才是真正的蓬莱山，真正的理想岛。"

徐冰：
《背后的故事》

2018 年，第七届越后妻有大地艺术节参展作品

　　"背后的故事"系列是徐冰 2004 年之后最重要的创作系列。他用干枯植物、麻丝、纸张、编织袋及各种废弃物在半透明玻璃后面造型，"复制"出了一幅幅中国古代山水画。正面雾气氤

《背后的故事》正面

《背后的故事》背面

氲，意境空灵的古典山水与其背后垃圾破烂、杂乱无章的现实场景之间构成了一种极强烈的反差。

这个系列的灵感来自徐冰经西班牙转机时，在机场办公区看到毛玻璃后面透出一盆植物的剪影，它很像一幅水墨画，这让徐冰想起郑板桥"依竹影画竹"的典故。郑板桥在《画竹》中写道："凡吾画竹，无所师承，多得于纸窗粉壁日光月影中耳。"徐冰一瞬间联想到柏林东亚美术馆那些在异地他乡的艺术品，同时以往关于中国山水画的知识、对光影的经验都在头脑中与之串联起来，这件作品开始在他的脑海中出现。

"最终，观众所看到的是隐藏在这些优美画面背后的东西。我们是会被事物的表面现象所蒙蔽的，特别是美的东西。只有努力找寻隐藏于外表下的深层次的东西，我们才可以探究其不为人所知的内在。"徐冰意识到这将是一种非常特殊的表达手法。

在大地艺术节中的《背后的故事》，一如既往呈现正反面的强烈反差，只不过这次是用废弃物料在半透明玻璃背面来造型，营造出日式山水画的画面。

邬建安：
《中国屋·五百笔》

2018 年，第七届越后妻有大地艺术节参展作品

　　邬建安来自北京，毕业于中央美术学院实验艺术学院，多年以来专注于将当代的激进美学和文化态度带入濒临绝迹的中国民间传统艺术之中。

五百笔之屋

《五百笔》是邬建安的著名代表作品，虽然早在2016年，他就曾经在北京创作并展览过这一作品，但这一次他带领团队，重新收集了800名中国人和日本人的笔画，然后把这些笔画刻下来，剪下来，重新拼组，让这些笔画聚合、交织、缠绕，布置在改造后的"China House"展厅中。

　　在创作《五百笔》时，他发现了一个有意思的事。"我慢慢发现到人与人之间的笔画差异很大，当不让你的意识介入，不去画一个具体形象也不去写一个文字，而是让潜意识去完成这样一个动作时，人与人之间的差异是很大的，可以说每个人画的这一笔就是这个人。""于是整个空间就像'庙'一样，变成一种'你中有我，我中有你'的新的关系，各种各样的缘分相聚在一个小世界。"邬建安说道。

　　更有趣的是，他发现一种集体的倾向，如日本的年轻人笔画普遍偏"甜"，线条较柔和散漫且会绕来绕去地交错。而40岁以上的日本人跟中国的年轻人笔画较为接近，不太愿意交错，方向性很强，用笔时更用力。

　　邬建安认为大地艺术节和著名的现当代"威尼斯双年展"等是两条完全不同的路线。我们熟悉的艺术世界实际上是在制造审美的奇观，让思想的新方向变成具体的秩序出现在人们面前。这种具体的秩序有可能会对人们有所启发，但是这并不是面对普通人，而是面对掌握着世界的资源与权力的人。而其手段是通过"销售"，让艺术以"物"的形式被他们收藏。

　　"但是大地艺术节不是这样的，是倡导'艺术为人民服务'，而不是通过作品发生一些实际的利益交换。人们想要看到这些作品就必须到这里来，从而必定会跟这里发生各种联系；并且时间越长，这些作品的价值就会越大。"

郑宏昌：
《手风琴》

2018 年，第七届越后妻有大地艺术节参展作品

　　为了本次艺术节的作品创作，郑宏昌曾两次到越后妻有当地进行考察和资料采集，第一次是在一月雪季，第二次是四月春暖花开时。

　　《手风琴》在室野的奴奈川小学展出。2013 年，奴奈川小学只剩下三名学生，但秉承着对每一位学生负责的原则，校长仍然没有放弃学校。每天，他都会问学生们的一句话："今天你过得幸福吗?" 2014 年 3 月，最后三名学生顺利毕业后，小学也终于面临关闭。

　　郑宏昌第二次来到日本，对当地与奴奈川小学有关的十个人进行采访，其中包括当年的校长和最后三位学生。他开始着手收集相关资料，回国后，他通过 3D 打印的方式，将孩子们和老师的身姿做成缩小模型，再将模型与手风琴一体化，希望通过自己的艺术作品帮助他们把记忆永远留在这里。

　　作品将手风琴的贝司部分与机械数控机床结合，随着贝司与机械一起不停地循环运动，当这些看似没有关联的物品被投影在墙上时，所有的一切都被连在了一起，它们成了一体。

　　　　　　　　　　　　　　　观看：大地上的艺术

为什么要选用手风琴呢？这也融合了郑宏昌小时候的理想——成为音乐演奏家，但是因为他从小就五音不全，根本没有音乐天赋，所以他改学了艺术，长大后成了艺术家。理想与现实的差距每个人都会有，这样的差距使郑宏昌用艺术的方式来演奏手风琴。

　　这就像是生活中的一切，往往我们觉得它们没有关系，但其实冥冥之中它们自有联系。3D人物与贝司原本是没有关系的，可是，当它们随着机械转动时，一个在不停运动，一个在不停地发出声音，两者的结合又产生了另一个意义，每个人每天都在某种特定的状态中循环运动，但又无法逃出这种循环。

"方丈记私记"中的中国参展作品

2018年，第七届越后妻有大地艺术节参展作品

受鸭长明《方丈记》一书的启发，北川富朗先生在本届艺术节上发起"方丈记私记"活动，要求以日本最小的空间单位"四叠半"（四块半榻榻米）为创作基本，通过艺术家、建筑家的创作，让当地人和游客们透过这些具有功能性的小空间，看到

一个广阔的外部世界，使人们在体验中获得与不同文化的交流。

在这个项目中，中国艺术家、建筑家向阳＋王耀庆（中国台湾）、程艳春＋C+Architects、大舍建筑设计事务所＋殷漪等从上百个全球征集的方案中脱颖而出，成为最终入选的27个（组）方案中的一部分。

向阳＋王耀庆（台湾演员）：*Transfiguration House*

Transfiguration House 外观为一座色彩、结构各异的中式旧家具组合体，仿如一座标志着东方文化符号的舞台。在作品内部，向阳打造了很多微妙的结构，希望能和中国古典园林里曲径通幽的设计有异曲同工之妙，以这种方法来延展内部的想象空间。当它的门和窗棂全打开时，作品的内部会转化为一个抽象的、抛却了原有的环境语境的空间。观者的视线将透过丝网，看穿此一空间的延伸。丝线雕塑透过窗棂扩张了整体建筑结构。由外观之，作品是由东方文化符号与西方当代艺术表现形式所构成；而其各自指涉的文化意涵，因为一起被搁置在一个重新组合的空间里，也将被重新解构与阅读。东西方文化并非对立，而是相对，这种关系使得东西方各自意识形态间的各种思维得以成立并存。

作品具有非常明显的文化针对性的向阳说："我希望观众能在这个空间里感到和谐、放松。内部与外部空间的差异和转换，如庄周梦蝶中描述的虚实莫测。也许身处于这样的一个空间里，我们的身份不一定是属于东方的或是某一个国家的，我们都是原本的，归属自身的。"

程艳春+C+Architects：《时空的洞穴》

由程艳春带领C+Architects团队设计的《时空的洞穴》，其功能设定为一个可以容纳2—3人的移动茶室。在2.4×2.4×2.4米的小小"洞穴"里，人们通过光线、空气甚至雨水的变化体验时间和空间。

设计师最大程度地避免了出现建筑构件，通过大小、位置不同的洞口实现了建筑语言里的门窗等功能，使得整体更抽象也更纯净。设计师利用传统的榫卯技术，不使用任何金属连接，单凭一种材料和构造方式便搭建出了一个可以移动的"小屋"。构件被切分成便于运输和安装的尺寸，拼接的肌理和材料的截面通过原始的方式表达出来。当"小屋"不再承担任何使用功能时，可以将其拆除并加工成其他木质产品，以此实现材料的再生利用。

"小屋"是介于装置与建筑之间的暧昧存在，它既像一个扩大的家具，同时又像是一个拥有建筑特征的房子，这个特征和中国传统四合院建筑中的床是一样的。立方体的四个角被切掉，形成了窗和门洞，光线从不同方向进入空间，形成了一个光线的盒子。当人处于"小屋"内部，透过不同的洞口可以看到不同角度的天空与风景。

大舍建筑设计事务所+殷漪：《耳宅声景》

《耳宅声景》是大舍建筑设计事务所与艺术家殷漪第三次就声音与空间的实验性装置开展创作，它既是对2018年越后妻有艺术三年展主策展人北川富朗及其团队所提出的"如何理解日本古代文学作品《方丈记》"的回应，也是对大舍建筑设计事务所的主持建筑师柳亦春与艺术家殷漪多次关于声音与空间的研究与探索的呈现。

《耳宅声景》是一个有关声音的迷宫，是在狭小的空间中通过声音感知世界的尝试，与其他对于《方丈记》的空间再现作品一样，被放置在日本建筑师原广司设计的里山美术馆的内廊中。3米见方的空间本来已经很小，它再次被分割成纵横25个均布的方格，每个方格为600毫米见方，由30毫米厚的木板制成，方格有三处木板落地成为支撑，方格间由单向通行的门连接，构成三组相对确定的流线。每扇门及方格上方，都设置有两个层次的音响设备。

人们在经过这些方格时，对应的音箱会感应到动作从而放大局部的声音片段，于是便在整个区域范围内形成变化的"声景"。这个声景诠释着我们对于城市与乡村境遇的理解，亦如越后妻有作为衰落乡村的困境。

由于每个方格仅仅能容纳一人，仿佛专为人们的头部设置的空间；又由于空间中只有声音能被感知，仿佛这个空间专为人耳而设，是故名为"耳宅"。不同于一般的音频或者展览馆阵列式的线性体验，设计者把这些声音置于同一个空间实体，采用定向投放的方式，体验完全取决于参观者的参观流线以及参观者的人数。它可以被看成是初始均匀的声场，人介入后产生扰动。在方丈空间之中，存在含混而持续的多层次声景。当人推过与扬声器连通的一扇扇门穿行而过时，相应的声音组件局部增强而从背景中跳脱出来，与单位空间构成了一一对照的关系。每个单位空间被压缩到极小的尺度，使得声源和个体无限接近，从而避免对声音的距离和方向的判断形成干扰。"耳宅"

顶部则蒙上黑布剔除视觉上装置材料对体验的干扰。

所以人在这个装置空间中的体验，其实是对单位空间声音组合序列的体验。而在逼仄到只能意识到耳朵的存在的"耳宅"中，我们也"听"到了大千世界的风景。

张哲溢：
《灯光寄养所》

2018 年，第七届越后妻有大地艺术节参展作品

　　《灯光寄养所》陈列在奴奈川小学教学楼二楼的一间教室内，这些台灯都为当地人所捐赠，其中大多都已经失去原有的主人，蚊帐罩在上面，放出的光让人联想起过去这里曾经拥有的生机和活力。

　　张哲溢说："听说光的空间与我们所在的空间并非同一空间。假如有个高速摄影机能记录下光线投影的空间轨迹，每一纳秒，你能看见它行走30厘米。"在张哲溢看来，灯光似乎是某种生命的延续。

高玙：
《天上大风》

2018 年，第七届越后妻有大地艺术节参展作品

　　高玙的作品从江户时代的僧侣良宽那里获得灵感，将学生书写的书道习作制作成风筝并悬挂，让人联想起学校关闭前学生在此处的场景。

张永和 + 非常建筑：
《米屋》

2018 年，第七届越后妻有大地艺术节参展作品

　　基于越后妻有地区的稻米文化，建筑师为人们提供了一个田间休息和享受风景的平台——由钢格栅和两把椅子组成的相框。意在感受地区的季节性变化：春天种在水里，夏天漂浮在金色的稻米海洋里，秋天插在水稻茎间的土地上，冬天埋在雪中。

王思顺：
《幸福花》

2018 年，第七届越后妻有大地艺术节参展作品

　　王思顺在冬天实地考察"龙现代美术馆"和越后妻有地区时，产生了灵感，计划在美术馆的窑体外培育"幸福花"。作品将外来入侵物种——菊科野花花种撒入越后妻有。该花俗称"幸福花"，生命力极强，传播速度快，适应性强。慢慢地它将布满山坡河滩，为越后地区注入新的色彩和生命。

第四辑　思

　　大城市已"呆瓜"（待惯）了的我们，逐步丧失了"去野"的特质。社会学家说，"呆瓜"具有四个特点：一是理智性强，用理智取代感情来对待事情；二是精于计算，利弊得失上考虑再三；三是有些莫名其妙的厌倦享乐（难道是说与手机谈恋爱的时间足够长？）；四是人情淡漠，大多生活封闭，人与人之间冷淡疏远。去野，去大地艺术节，或许是免疫"呆瓜城市症"的良方。

大地之行的断想

拉砖拉瓦吧，捞起树枝涂上颜色吧，艺术原本是每个人的本能，只是平日的我们羞于提起罢了。

郭晨子
上海戏剧学院戏剧文学系副教授
意大利佛罗伦萨大学、佛罗伦萨美术学院访问学者

"艺术唤醒乡土""乡村再造之力"。了解到北川富朗先生的理念和他策划的越后妻有大地艺术节时，我瞬间想到中国的熊佛西先生20世纪30年代在河北定县开展的农民戏剧实验。

熊佛西先生出生于1900年，江西省人，美国留学归国后，致力于话剧的推广。他写剧本、做导演、办教育，视戏剧为改善一个民族精神状况和认知水平的大事。1932年到1936年，应中华平民教育促进会干事晏阳初先生的邀请，他率北平国立艺术专门学校戏剧系的部分师生到了河北定县，四年的时间里或创作或改编，推出了好几部与农民生活紧密联系的新戏，训练了一个农民剧团，还为建阳村、东不落岗村设计搭建了露天剧场。熊先生认为，"传统的戏剧不能适应时代需要"，而"新兴的戏剧未曾与大众发生实际的联系"，所以想"在农民当中创造一种新的农民戏剧"，其志向是拓展平教会"由单纯的识字教育，进到以文艺教育救愚"。在他看来，"戏剧是社会教育中最直接，最具体，最有力的一种"，应该以戏剧教育民众，"而达到农村建设乃至民族再造，民族复兴的最大企图"（参见熊佛西《戏剧大众化之实验》一文）。

这当然和20世纪全球化时代为抵抗工业、后工业都市文明而要重返乡村、重振乡村的日本大地艺术节不同。然而，大地艺术节中给人留下深刻印象的不仅是梯田和金黄的稻穗，不仅是各国艺术家的作品，更是生活在那里的人。当村民们加入艺术家的计划，从信浓川打捞起树枝晾晒、修剪、涂上颜色，然后协助艺术家完成作品，还不时根据自身切实的经验提出更好的建议时，他们和艺术之间不再有阻隔了。

艺术节创办之初，北川先生曾想要放弃，是村民们主动提出，艺术节要继续办下去！就好像八十余年前的河北定县农村，熊先生和村民们一起开会商议露天剧场的建造，村民们踊跃参加，贡献劳力不说，还用自己家的大车运砖运土。最终，在既非中国传统神庙戏台，又非纯粹西洋镜框式舞台的演剧环境中，创造出新的观演关系，比如，演员和观众都可以自由上下台，台上台下成了一个有机整体；演员包围观众，在观众的四面八方都有演员表演。谁能想到，激活日本乡村活力的不是一种博物馆式的遗产保存，而是时髦的当代艺术呢？谁又能想到，先锋如20世纪60年代的环境戏剧，又仿佛如今当红的"沉浸式"演出竟发生在20世纪30年代的河北乡下呢？

也许，人人能够参与艺术，是最大的平等！无论是熊先生不满于有进步意义的话剧只存在于城市和知识分子之间，还是北川先生不满于艺术只存在于均质化的白盒子式的美术馆，戏剧或当代艺术换了一个场域发生时，改变的不只是戏剧、当代艺术本身和艺术家们，更是改变了场域和所有的参与者。

因此，当浙东的嵊州依托施家岙女子越剧诞生地要建造越剧小镇时，我倍加关注并且参与其中。当下，戏曲整体式微，越剧小镇能让越剧回到原点并重新出发吗？能为孕育出越剧的山山水水带来更多外界的精彩吗？能开拓出新的实验吗？最重要的是，能影响所有的参与者继而影响来到越剧小镇的游客吗？

碰撞永远在发生。当年，熊佛西先生希望革除旧戏曲在思想内容上的弊病，倡导贴近现实的话剧，是外来艺术样式对本土戏曲的碰撞。日本的越后妻有大地艺术节，北川先生诚邀世界各地的艺术家到越后妻有驻地考察，之后"定制"作品，是

农耕式生活和当代艺术的艺术语言、艺术媒介的碰撞。越剧小镇则希望，保留戏曲艺术的基因，保留中华民族以"乐"为本体的艺术创造特征，和所有古老文明产生的艺术交流，和各种新观念、新思潮、新手法碰撞，传承这个民族的文化并创造新的中国式演剧，推动一次中国式的文艺复兴。

梦想似乎有点大，但有熊佛西先生的河北定县农民戏剧实

畅想中的越剧小镇

验在先，有大地艺术节的成功作为参照，又有什么是不可能的呢？拉砖拉瓦吧，捞起树枝涂上颜色吧，艺术原本是每个人的本能，只是平日的我们羞于提起罢了。

土生 · 土长 · 土愿望

乡村建设的步伐越迈越大，不知道是该庆贺还是担忧。考虑大地的活法，并不是我的课题。我只愿按照大地的生长方式继续成长。艺术也不是为了炫技，而是生活的升华。

何越峰
艺术家，"在山文化"创始人
生活美学实践者，收藏家，造物师

观看：大地上的艺术

土生

我一直坚信自己是从土地里长出来的。这不是否认我父母的存在，而是他们也是从土地里长出来的，他们的祖父也是从土地里长出来的。或者说，我家世代都与土地打交道。所有的财富、欲望、梦想都是从土地中来。世代都没有离开过衣食父母——大地。

"呱呱落地"就是我的出生方式，真的是落地，不带半点云彩。或者说，大地给了一个通道，让我与现实生活连接起来了。之前我们或许都是以暗物质的方式交流着。

我的基因里满满的都是泥土味。舔着泥就长大了。我吮吸着大地的味道长大，跌倒时满嘴巴的泥，挖地时泥土越过锄头飞奔至嘴角，拔秧苗时泥巴甩过袖口窜入嘴边。大地也尝过我的味道，汗滴禾下，泪流田埂，清水濯足。

大地把我当娃养，我却没把她当娘伺候。掘地三尺的事可没少干，特别是播种的季节，不折腾个千百遍可不罢休，看着各种种子发芽、开花、结果，就觉得大地真好，什么都能长出来，人应该也可以。挖冬笋的时候，那更不把地当地使，好像不花力气一样，竹鞭有多深，就挖多深。可怕的是竹子的地下部分比地上部分更深，所以，对不起了，为了那口鲜，挖战壕的阵势是我的惯用伎俩。

年少时代，我就是一日三餐式地跟大地打交道。从没怀疑过大地的身份，也没怀疑过自己的身份。

土长

我总是以土地生长的方式成长。

看着庄稼年复一年地出土、入土，我也慢慢懂事，开始识字、写字。"大地回春"的春联也不知道写过多少遍，反正每次写，都觉得万物又要疯长了，欲望又要膨胀了。直到我离开那片生我养我的土地，才意识到我似乎也停止了生长。身边所有的事情都跟种庄稼不一样：

并不是种豆得豆，种瓜得瓜。

离开大地的第十年，我开始反哺大地。我在找寻大地的味道，大地的气度，大地的节奏。慢慢地，很多传统手工艺进入我的视野，于是一得空就四处探寻这些技艺，一点一点学，一点一点探索。

2018年初，第一次举办个人"造物展"，作品技艺涵盖大漆、陶艺、竹艺、木艺、铁艺。这些技艺曾经都是人们利用大自然的现有资源创造的生活方式。可用、可赏、可循环利用，这是我们先人对大地文化的崇敬。我在造物的世界里，找到了大地的痕迹，儿时的快乐，时间的轴承。没有辩证，没有心机。

2018年9月初，我们结伴去日本越后妻有考察"大地艺术节"。说实在的，此行吸引我的并不是生长于大地上的艺术作品。这片大地，哪怕什么都不放，就很艺术。这并不是否认"大地艺术节"的价值，而是我看到了一种即将逝去的活法，是大地的活法。不慌不忙，不疏不密，大地上的庄稼、牲口、房子、电线标、马路，哪怕是沟渠的来龙去脉都很清楚。这里的人们对待一个水阀门的态度，对待稻谷的态度，对待积雪的态度，对待牲口食具的态度，对待枯树的态度，使我相信他们的欲望

　　　　　　　　　观看：大地上的艺术

从没改变，跟我祖父们的欲望一模一样。把自己当作大地的一部分，你就懂得退让，懂得活法。相比大咖们的艺术作品，这些角角落落的民间智慧更吸引我。

十天后，第一个"中国农民丰收节"成立。这是农民的节日，也是大地的节日。耕耘、收获，如此简单的自然循环，却又在当下复兴乡村的建设中步伐越迈越大，不知道是该庆贺还是担忧。考虑大地的活法，并不是我的课题。我只愿按照大地的生长方式继续成长。艺术也不是为了炫技，而是生活的升华。

土愿望

取之于土，用之于土。这大概就是我的愿望。

老艺人在挑选陶土时，往往都是直接用舌头舔。各种味道代表着泥土里的各种金属元素含量，想要制作何种器皿，泥的配方就在味觉中一一排序。我不期望从土里再长出一个自己来，只希望，用最土的方法，去还原生活的本质。没有进退，没有快慢，没有生老，大地于我就是一次次的相拥相抱，化成灰，我也还是大地的一部分。

观看：大地上的艺术

寄居或栖息

由此感觉到，在每一块大地上，事物的本源都客观地存在着，真实而朴拙地绵延在时间的河流中，潜藏其间的样式、和人形成的关系，都有着极为丰沛动人的故事章节。

吴红霞

诗人、画家、资深媒体人、艺术品收藏爱好者

曾出版诗集《依然是四月》《转身》及《你有一片葡萄园》等

如同闻到某种特殊的气息，九月初，我们一行十七人，几乎同时领受到了日本新潟那三年一届、历经十八年之久的"大地艺术节"所散漫而来的意味。

艺术的作用在于表达，艺术的表达则基于一种认识。那么，大地艺术节的表达又将基于怎样的认识？

因为好奇，在出发之前我对艺术节做了种种臆想，关于它的呈现核心与细节，是如何连接并传递大地与艺术之间显性与隐性的美的？而日本新潟这个已被符号化的"雪国"，它最终又会告诉我们什么？

显然，写下此文之时的感触，早已异于出发前、游走时所滋生的感触，有别于凝思望叹之时的涌现。

贝奈戴托·克罗齐认为，艺术不是物理事实，艺术是直觉。而直觉只能源于情感、基于情感。

我赞同并引用克罗齐的观点，是因为艺术家们所创造的每一个意象或场景，不仅生动呈现了艺术家所彰显的景观地貌与人文环境之间和谐共生的那个核心界点，还通过我们观看者投射的情感和目光的参与，已然再造出了另一个意象。

这个意象，同样作用于我，使我得以假借个人形式的字与图，来呼应本次旅途中的观感与收获。

回来放下行李之后第一件想做的事，就是拿起画笔，涂抹我想表达的关于本次旅程中的片段印象或瞬间感动。

近几年来一直偏爱用绚丽色彩营造意境图景的我，这次却打算仅用黑（蓝）白两色。画下第一幅《大地与稻米》之后，竟一发不可收拾，连续几天重复在相同的场域氛围、相似的基调幻影之中。由此感觉到，在每一块大地上，事物的本源都客观地存在着，真实而朴拙地绵延在时间的河流中，潜藏其间的样式、和人形成的关系，都有着极为丰沛动人的故事章节。

成长于乡村却又酷爱写下句子的我，常常耽溺于少女时代的情境，对天空、田野和村庄流连沉浸，对于它们和其他事物之间的勾连，自然有别于都市成长者。譬如我习惯于将对未来生活的想象寄望于夜空下的熠熠星光，譬如我热衷于稻田旁散落于乌桕树枝丫间的白色果子，种种记忆所反射过来的光亮，也蕴含了稻穗低垂的金黄，而那种由色泽构成的连绵起伏，不正是诗意中的画面么？

由此想象开去，庄稼、花朵以及其他草木便一一在周身作响，显得生动蓬勃起来。这于我几乎就是一种偏执般单纯的快乐。

　　因此我也相信，这些画面不但源于日本，更源于内心。它们放弃具体边界的设置，凭借黑色与白色的抽象，获得了艺术情感所给予我的直觉的连贯性。而这种异域的陌生感所表达的，却无关形态和技艺，也无关色彩。

　　雅各泰说："愿隐没成为我发光的方式。"一直以来，我始终以此为念，并始终努力在有限中看到世界的本真，哪怕只看到一个点——正如一颗米粒，却也能在夜空下闪烁如星。

　　这正是本次旅程唤醒并给予我的启悟。

日本行旅短章（诗配画六幅）

《天空与稻米》系列之一

夜晚涌现出黑白音符
安居在稻穗上

每当晨风来临
稻穗惊叹着
加上了金黄的重量

　　　　　　　　　　　　　观看：大地上的艺术

《天空与稻米》系列之二

在沉寂的山野
一颗米粒问秋葵：
哪儿是比天空更高之地？

"繁星满缀的光
就在离我们不远的地方"

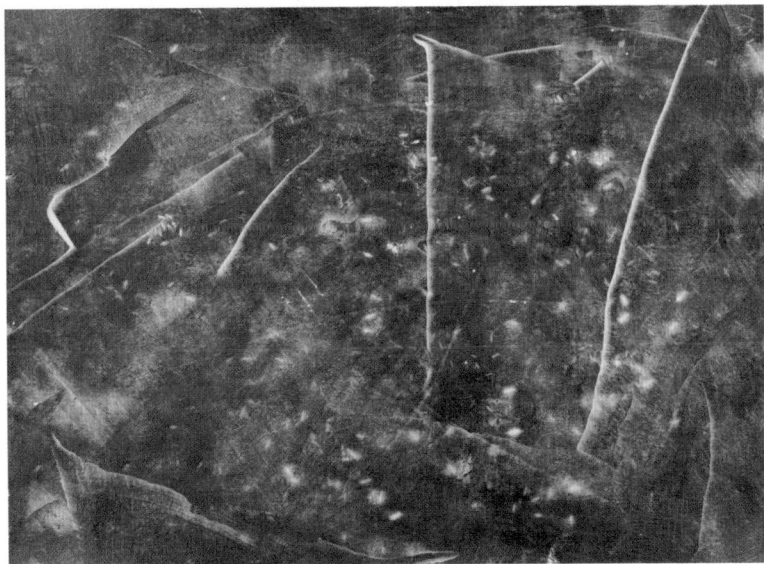

《大地与稻米》系列之三

对立的，合理的
每一条通向极致的道路
以早于小丘般多石的美
抓紧大地

观看：大地上的艺术

《大地与稻米》系列之四

在松林的绿色丛中
一个孩子
与一声鸟鸣刹那相遇
那脸上的笑容
构成了光与影的田畴

《大地与稻米》系列之五

叶簇深处
雨滴互换着赞歌
大地微微渗透
滋养我们

一次旅程，就是要把
更远的一个带回来

　　　　　　　　　　　　　　观看：大地上的艺术

《天空与稻米》系列之六

"每一片叶子
都要记得自己的故乡
每一个故乡，都要知道叶子的去向"

风宽阔的手张开了
种子落下
向广袤和无垠发出邀约

他神的国度
——日本乡村形态观察手记

抵达日本乡村的第一天,我发现这个想法是错的,上述那些若有若无的遍布生活缝隙之中的散漫形式,背后透露的,是中国人这个文化群体所独有的特殊气质。

赵统光

青年建筑师

观看：大地上的艺术

这趟旅行别出心裁地，从乡村出发，迂回抵达东京。

这是我第一次来日本，之前对于日本的认识，差不多都是在阅读和道听途说的基础上以中国为对比的想象。因而，两地文化差异之大是我所始料未及的。

我们乘坐的大巴驶出新潟机场，很快就转到了乡间狭窄的公路上，车窗外不时闪过有人字形屋顶的小房子。

视觉的稳定呈现中，我看到熠熠生辉的金属屋面，坚实整洁的清水混凝土基层，新奇繁杂的各种设备被认真构造在底层墙面上。

基本没有院墙，房前屋后的地坪被细致地抹平，入口往往采用内退的门厅，伴随小巧的台阶，门口有时摆着一双素色的拖鞋，有时会有雨伞、自行车或者花盆。房子—菜地—房子—道路—房子—稻田—房子……这些近景的画面又被细细的宅间路和集束的线杆带向了视线的深处。

在没有遮蔽物的段落里，我看到远处的山和白云静静地流淌，像缓慢移动的幕布，为不断闪现的市井百态提供了稳定的景深。

我向来喜欢对视觉形态作细致的观察。目光掠过平常事物的时候，很多同情和理解会从心底里泛起，这种情思有时比逻辑更能切入事实内部。多年来我一直依赖这种方法来理解所到之处的人和事，也因此对中国各地的形态特征熟稔于心。

几年前，我由于项目的原因，曾长驻在贵州中部的一个布依族山村里，每天进出于山林和梯田之间，品察树木和砖瓦。但是很遗憾，即使我倾尽全力，也实在难以从这个杂乱的村子

里嗅出丝毫陌生的气息。沙墙上抹灰的痕迹所暴露的工匠的手势，端头腐烂的木柱子外包裹的蓝色铁皮，路边一堆长满杂草的建筑尾料，这些细节常常让我恍惚，是否曾在甘肃北部青土湖边的某个村子里见过？抑或是在杭州临安山顶上的一户破败的农家见过？甚至是我童年时候在苏北海边的老家里见过？

　　我原以为，这样一种跨越广袤空间的细节上的同质性，是人性的普遍特征，而非文化所致。但抵达日本乡村的第一天，我发现这个想法是错的，上述那些若有若无的遍布生活缝隙之中的散漫形式，背后透露的，是中国人这个文化群体所独有的特殊气质。它由我们的历史培育出来，又悄无声息地附着在每个人身上，浸润其中的人，只有在与另一个世界彻底相遇时，才能从莫名的不适感中觉察出个中差异来。

大巴在抵达第一站——山古志村之前，经过很长一段盘旋的山路。这是一个十四年前曾遭遇过严重地震灾害的村庄，盛产水稻和锦鲤。这里的山水风景和我熟悉的浙江地区几无二致：山丘覆满绿树，溪水流下山谷，梯田和鱼池点缀其间。汽车在艰难的攀缘中把环绕四周的景致毫无保留地显现在每个人面前——这里有一种难言的简单和纯净之美，我对此诧异不已。

国内如这般底色的山区比比皆是，但最终建成的乡村能与此媲美者却寥寥无几，百思不得其解下，我只能选择描述。虽都是细节，但如果人们仍然认同中国人对于微言大义方法的仰赖，这些细节或许可资一谈。

其一，这里的山上看不见高压线塔和线缆。

也许日本大部分电力设施都消化在了城镇空间里，有农户的地方也能见到低压的民用线路，但也基本被收束成较为整齐的状态，绝不会无缘无故地把高压线塔林立于山头。

这种遭遇的情景通常是这样的：驱车加徒步数十公里来到山中，山谷越来越窄，溪水越来越清，峰回路转行至最后一处开敞地，举目远望，在那道路尽头的远方，树影婆娑间，俨然矗立着几座钢铁线塔。

我并不是工业文化的反对者，不认为高压线塔本身是丑的，也不是不能想象电力工作者是在如何艰难的条件下进行了这样卓绝的工程建设。只是，当一番自我苦苦经营的诗意情怀突然被现代文明生硬地挤进时，心里难免会产生一种对自己的怀疑甚至厌弃，继而迁怒于之前为我塑造美好愿景的山水树石。

　　我不介意将这种体验升格为民族对山水信仰的崩坏，只是不知道在这件小事上，山头林立的高压线塔和心中垮掉的溪山行旅哪个发生得更早。

　　其二，房子总出现在该出现的位置。

　　这里的房子选址更贴近于农田和山林。中国在农业时代也是如此，人们为了更好地照顾庄稼又不浪费耕地，房子总是建在农田和山林的过渡地带。

　　而今这种普遍的共识早已被打破，村民为了商业利益纷纷临街建房，开发商为了商业利益则占山为王，路的自由视线和

山的恒定意向均遭打破。二者又同样为了商业利益把房子盖得尽量高大宽敞。过去，在山地上取得哪怕小片平地也是困难的，但是在这个时代，任何空间上的困难在混凝土和钢铁技术的支撑下也自有其粗暴的应对方法，削山、垫土、垒石、架桥，在那些陡峭到不合理的位置上，平面上每争夺一米，纵向上就立起数米的石壁，久而久之，东方建筑的有机形态就逐渐变成西方城堡的简化样板。

山形也好，水势也好，都变成了冷漠的对立物，在这种情况下，打破才意味着获得，而一切获得都是经济获得，由此，居者失其味。

由于失去了和环境对话的能力，房子们"各自为政"，自说自话，纷纷沉浸在从五湖四海借来的文化中不能自拔，人们在这样的山中漫步观光简直会精神分裂，因而游者亦失其味。

在日本山区的乡村里，房子选择建在合适的地方，以适宜的尺度与自然保持适当的关系，这一个看似简单的道理能不被时代进步、技术更新、代际夺权和资本入侵而打破，真乃奇迹也。

其三，技术不断更新，形式却始终不变。

这里由于地震频发，很多山体都被加固处理过，加固的方式有很多种，其中使用最普遍的，是以条形水泥柱垒成的护坡，嵌入山体的T字形水泥柱呈纵向排列，将一排排横向水泥杆件整齐地卯固在山体上。

这一构造形式让我想到了传统的木杆件护坡，它有意在新的材料属性下追寻传统经验做法，新材料的牢固度自然远超传统，但这并不意味着有必要完全改变构造方式。

水泥是一种十分多变的材料，可以浇筑、可以砌筑、可以涂抹，也可以做成杆件来组装。在国内，我们更常见的是用水泥整体喷涂，或者动辄用混凝土砌筑来固定土坡，这样做在牢固度上并无损失，甚至更结实或者更经济，但一种在历史中积累的经验和智慧，却被一把抹去，形式的适应感遭到了破坏。

日本建筑中对于传统形式的优先考虑无处不在，材料和技术的改变往往只是强化了这种原型的合理性。如非必要，原型不改。

人字坡屋顶，这个被日本后现代建筑设计反复讨论的所谓"家形"，在经历了现代技术的洗礼之后，给我们呈现出来的是毫不动摇的稳定性：清水混凝土稳定着基础的厚重感，铝镁锰金属屋面稳定着屋顶的轻盈和造型的坚决，复合墙面或者木骨阳光板墙体讲述的仍然是传统的木骨泥墙形式逻辑，电力、水暖、天然气等诸多设备被理性地编织入现代民居，一个绵延数千年的简单形式，只有在这里才被赋予了应有的尊崇。

还有另一种拱形的装配式建筑，作为车库或者工棚在村子里出现，成为另一种重要形式，这背后的历史我虽不明了（只知道坂本一成非常喜爱这一原型），但从它的形式确定性和构造完整性上还是能够体悟到日本民居对于确定形式的固守。

现代主义艺术家对于形式创造的使命感和激情使人振奋，但反观今天的中国，我们已然处于一个形式被廉价制造和消费的时代，任何新鲜的造型都可以随时采用又随时抛弃，甚至来不及和记忆或者文化产生一丁点的牵连，不知当我们以后回想起今天的生活，是否可有一种形式被我们认作这个时代的

"家形"。

类似以上的细节差异实际上还有很多，比如建造的标准化和精细度、对原材料肌理的尊重、对水泥作为一种乡土材料的认识、对民宅便于维修养护的设计等，不一而足。

离开新潟，我们一行又去了草津和东京，对日本的观察逐渐立体，但最早萌生的警醒却始终伴随全程。

近些年，我们对于文化这个词开始滥用，对它的理解也越来越倾向于抽象，仿佛文化事业是从语言出发再回到语言的知识活动，殊不知一切所谓的文化都是有其现实形式作为对应的。而且，只有当我们把文化置入物质空间里，从细枝末节的日常形态中去考察和聆听，文化真正的多样面貌才能既广泛又深刻地向我们显现。

关于中日两国之间的文化亲缘关系众说纷纭，在此我无力也无心加以更深入的研究和辨析，只是在我带着已有的经验，将目光持续投向这些乡村的林林总总时，中日文化之脉已经从更深的底部发生分野，关于家、关于韵律、关于表情、关于空间中的神、关于工业化……都仅是在最浅表的层面产生似曾相识之感。

而这种看似熟悉实则陌生的感觉，像极了一个半大的孩子跟随母亲第一次回外婆家。

基础材料的审美意识与光的雕刻

当新的材料同样能够提供一种让人感到愉悦的乡土氛围时，对乡土材料和工艺的迷恋就更加变成了一种单纯恋旧情节的表达。但我想，回归到现实本身，这种表达应该只能作为整个建筑的装点，而不应该成为主导。

龚孜蔚
青年设计师

观看：大地上的艺术

这是我第二次去日本。

与上次不同的是，这一次，是从日本的乡村出发，然后一路走向城市。

乡村的美景当然美得令人目不暇接，但作为一个设计师，印象最深的反而是在行程最后一天站在东京街道上，面对日本当代建筑大师的作品时，心中产生的无所适从的茫然。因为我发现，这些充满想象力和思想的建筑，似乎始终无法与前几天在乡村看到的景象相抗衡，那些我们沿途反复观看的，散落在田野、山间的房子充满了质朴的气息。

我一直思索，为何这些全然由现代材料和工艺建造的村子，却依然散发着浓郁的日式建筑独有的气质？而在我们的乡村，即便到处都是仿古建筑，却也很难表达传统村落的宁静。这一现象肯定了我之前的想法——建筑的符号不是文化构建的核心途径。同时它也给了我一个全新的提示——建造的材料与技术也不会全然颠覆文化的表达。

因为在建造技术上，日本的乡村和城市一样精致有序，高度工业化。在建造材料上，乡村普遍使用了金属做的屋面系统、铝合金窗户、混凝土基座等，这些现代材料的运用，使乡村展现出了另外一种完全有别于城市的气质。

这个发现让我很兴奋。因为它让我看到了乡村的另一种可能，一种跳脱乡土材料束缚的可能。但这也给我带来了困惑。我并不想将这个问题用文化差异来做笼统回答，而是希望能够找到一些更加具体的线索。对于建筑师来说，即使是面对文化差异这样的大问题，也依然需要回到建筑本身来思考。

如今，在谈及乡村建设时，对乡土材料的迷恋往往需要付出巨大的代价。也许我们可以把产生这种代价的原因理解为，乡土材料遭长时间的弃用后再重新回归时所必然经历的技艺生疏所带来的高昂代价。

在今天，实践上对传统材料的运用无形中已经变成了一种回归乡土的标签和符号。当新的材料同样能够提供一种让人感到愉悦的乡土氛围时，对乡土材料和工艺的迷恋就更加变成了一种单纯恋旧情节的表达。但我想，回归到现实本身，这种表达应该只能作为整个建筑的装点，而不应该成为主导。反过来，乡村建筑只能成为高昂的奢侈品，这完全背离了乡村的文化价值。

我在田野中看到一幢房子，它形体简单，简单到可能在世界各地都可以找到类似形体的房子。整栋房子除了墙身采用了日本传统木墙的做法，建筑的基座、窗户、屋面、排水管等，都使用了现代的材料和工艺，但我们可以明显感觉到，它散发着强烈的日本造型韵味。我们只要一看到这幢房子，绝不会认为这里是瑞士，也不会认为这里是中国。

我仔细观察过屋檐的厚度、檐口的处理、檐沟的大小、瓦片搭接的方式、窗框粗细、木墙竖条的密度、混凝土模板的排列以及质感等，发现这一切细节都紧密关联着，就像书法家的字一样。所有的笔画都是一气呵成的，窗户的粗细和木墙竖条宽度的比例，檐口的厚度和横板厚度的关系，混凝土的分版和木墙的模数的统一，等等。而这些比例关系让我想起了桂离宫的轻盈与自在，也同时让我感受到了一种深层的审美意识。这种贯彻到每一个细节的意识是让人望尘莫及的，也难以在短时间内通过建筑师的个人努力去建立（能做到的可能只有为数不多的建筑大师）。

当将建筑的搭建过程看作搭积木时，便能轻易理解这种困难之大。我们时常会拿到一副这样的积木：里面每一个块积木都是由不同的生产商设计的。而生产商的设计师可能来自五湖四海，文化背景迥异。用这些积木搭建起来的房子可能是希腊的墙体、罗马的栏杆、法国的屋顶、中国的门洞……这种现象现在就在我们浙江杭州的乡村发生着。

试想如果田野里的这栋房子换上了美国的粗壮门窗系统，那会不会像是一个被打黑了眼的小丑呢？

只有当审美意识渗透到社会的每一个环节时，乡村的建筑才会获得一次全新的重生。这也让我理解到，对乡村的建设与设计不能止步于单一建筑的独特性追求，基础物料的审美开发就如同芯片对于电子科技一样，是提高整个乡村建筑审美水平的根源。

日本人其实是很讲究光的，从《阴翳礼赞》这本书的备受推崇我们就可以得到答案。我们在山谷志村入住的公馆位于高山顶部。我们进到房间时，已经夜幕降临，贴心的服务人员为我们点亮了灯，但是，灯亮了，仿佛整个房间就没有东西是值得在意的，灯光充满了所有的角落，眼前一片混沌，只有那颗惨白的灯成为唯一的焦点。于是我走过去把灯关上，这时，房间就有了翻天覆地的变化，风景就如同眼睛一般显现在黑暗之中。

然而我也意识到，可能是黑暗使我只能专注于窗外的风景，这的确是一个让人困惑的矛盾，但也绝不可能这样简单。路易斯·康认为，材料是消耗了的光。这让我想到眼前的景象就是被消耗之后所剩下的光，光就如同一座雕塑，而材料便是塑造它的刀，当光大到物无法去雕刻它时，它就失去了被雕刻的趣味。

旅途的最后一站东京，遇见了安藤忠雄，见识了建筑大师对光的问题的回答。我们看到，在21_21 DESIGN SIGHT（21美术馆）的入口，尽管室内打了不少灯光，但左侧混凝土墙上横带长窗里的景色并没有消失。

我们可以看到，窗的上面有一长条形的灯，它的照射方向是朝向吊顶，通过吊顶将光线漫射到整个空间当中，避免了直接向下照射，将墙面照亮而导致景色的消退。吊顶上其他的灯光采用的是射灯，这有效地控制了光线的扩散，只是将展示台照亮。在展览馆的地下空间的楼梯部分，安藤采用了大面积玻璃，让自然光将其照亮；而近处的展厅入口也只用了少量的射灯，将地面适度照亮，基本保持了自然光给空间带来的明与暗的对比。

尽管在安藤的建筑中几乎很少看到日本建筑的传统形式（他的材料、空间的形态、符号几乎无一能在日本的传统建筑中找到对应），但其对光的使用的关注和克制，让他的建筑有着与日本传统建筑极其一致的寂静之感。

安藤的建筑让我再次肯定之前对乡土的思考，符号、材料，甚至是空间形态都全然一新，但那种深入骨髓的审美，却依然能够让人体会到极强的地域性。我认为这种地域性是进步的，或者说是时代的。也只有这样具备时代地域性的建筑，在历史的长河中才能被认为是有价值的。

他乡似吾乡

这是执念。"若得平生半亩田，种诗种酒种陶然。"乡村振兴，是践行另一种生活。是生活，就不能着急。

孙咏雪

浙江省城乡规划高级工程师，"尚村计划"执行合伙人

乡建领域践行者，专注乡村产业培训、设计、运营一体化的组织构建和项目运作

"有时，他走出家门，长时间地在村庄周围漫步。有时他会走得更远，去往群山环抱的小山谷，穿过一座座果园和黑黝黝的松林。还有的时候，他会在父亲多年前便已抛弃的农场废墟走上半个小时。那里依然有几座残破的建筑、鸡圈、瓦楞铁简易建筑、谷仓，以及曾经养肥小牛犊、如今废弃了的棚子……"

这是两年前读阿摩司·奥兹的《乡村生活图景》，里面令人记忆犹新的场景。跟主人公一样，我也是个喜爱乡村，追寻内心的安宁和自由的人。平生最大的愿望，是在乡村有一间院、半亩田，闲时做半个农民，用周末或更多的时间过乡居生活。

正因为如此喜爱乡村，从城市规划专业毕业后，我就投身于乡村建设，开始尝试用各种方式实践着关于振兴村落的种种可能性。我们去过很多很多的乡村，平均每个月就要去上三五个，从东到西，从南到北。去得多了，那种地域的新奇感也就渐渐淡了，反而是当地的村民，尤其是在大山深处的人，他们那种近乎被尘世隔绝的生活和生产的状态，以及由此而呈现的朴素和不做作，在脑中挥之不去。

虽然喜爱中国的乡村，但不管是日本、欧美还是中国的乡村，都因为农业在经济中的重要性下降以及城市化，开始乡村人口流失，我想要的乡村图景，也因此寂寥。

值得庆幸的是，从这几年来看，我们又受到了五千年农耕文明的基因召唤，国内的乡村改造可能已经到了史上形式最多元、发展最蓬勃的时候。从近年的精英改造乡村，到2018年乡村振兴成为国家战略，社会上关于乡村振兴的各种设计工艺、农业、艺术的潮流不断在涌动。这也是我动念去日本越后妻有大地艺术节的原因——我急切想深入了解看看，日本衰败的乡村是如何用艺术的力量进行复活和产业创新的。

这是第二次因为乡村去日本。前一次是在两年前,我们乘着全日空先抵达东京,再以东京为中心点去周边的乡村、农场、工匠小镇、旅游度假区,以及以农业为主导的蔬果加工企业 DELICA FOOD 和为农业生产提供技术支持的高科技企业 NEC。那次体验很深刻,原本对日本的陌生和疏离感消失得无影无踪。富有创造力的城市,干净的乡村,文明的人民,他们在农业上的精耕细作和工匠精神,以及那种随处被鞠躬的环境慢慢浸润我,导致我回国后对着打交道的人也点头鞠躬了一个礼拜。

这次的起点就不一样,因为我们到达的第一站,是新潟山区,最后一站才是东京。我们真正从乡村一路走向城市,也体验到了从乡村到城市在内心深处的变化。但作为一个未来村落的运营者来说,日本的乡村跟我们多么像,又多么不像。这里我就把这些对比做一些零星的记录。

新潟的乡村

新潟的乡村一尘不染,洁净的空气,静谧的田园,偶有六七十岁的老太太在田间忙碌。在整个行程中,那景象一直持续着。

新潟位于日本的东北,有大半年的时间被大雪覆盖。长期生活在大雪覆盖地区的人们,早就学会了抵抗艰苦生活的技能。他们的房子有尖尖的坡屋顶,有双坡也有单坡,还有散落在住宅边上、家门口菜园里和三角地上的圆顶的停车库。为了抵御寒冷,大部分房子的外面都包裹着一层铁皮,也有钉满木板、硬塑和竹片的，我们现在用于建筑保温的方法最初都来源于民间的智慧。

灾后重建的山谷志村

山谷志村是一个灾后重建的村庄，对这个村庄的访问和考察是我意外的收获。

2004年10月23日下午5点56分，日本新潟县中越地区发生里氏6.8级大地震。一瞬间，山崩地裂，房屋倒塌……因为是地震多发国，所以日本的普通民居基本是木质结构，地震过后，全是一块块、一片片坍塌的木板，损失相对较小，伤害程度相对较弱，再建也容易些。

在山谷志村灾后重建纪念馆，有一个模拟地震全过程的多媒体影音室。被摧毁前的山谷志村，和"5·12"震前的茂县如此相似，不同的是整齐的临时抗震棚住宅区和有条不紊工作学习的人们，以及人人坚守呼吁的"总有一天，我们会说着'我回来了'回到山谷志"的信念，这令我们感到震惊。

2015年，我在浙江丽水一个地方做乡建试点时也遇到了山体滑坡，当时冲下来的泥石流冲毁了村庄，人畜无居，需要立即进行灾后重建。村庄的灾后重建不但时间紧迫，要考虑的因素非常多，也没有什么先例可循。作为一个设计师，一个带头人，当时真的是又忧伤又焦虑。

后来，我们决定以临时集装箱来安置村民，这个周期大概是三个月。虽然也充分考虑了灾民的心理创伤恢复问题，提供了很多解决方案，但终有遗憾于为了救济而救济，为了扶贫而

观看：大地上的艺术

扶贫，难以深入人性的真正需求和可持续的跟踪研究。

现在，我还是会每年抽时间去一两次临时社区，看看人们在那里的生活，跟他们做一些简单的交流，对于这样灾后重建的预后，我们能做的，也仅仅如此。

乡村会馆

夜幕降临之前我们到达山谷志村位于山顶的乡村会馆，"四围山色临窗秀，一夜溪声入梦清"，这是个"习静"的好地方。习于安静是大多数生活于扰攘的尘世中人所不易做到的事。

日本的乡村会馆可能跟我们现在的乡村民宿有类似的地方，在乡村的"道场"里提供餐饮和住宿。不同的是，在日本，乡村会馆与城市的旅馆比较类似，以和式和带温泉为特色，而民宿真的单纯是在普通民居家里的借宿。

大地艺术节

我不太懂艺术，单纯认为艺术是在生活之上，反映生活内涵和精神的活动，同时具有生活价值和艺术价值的物品便被视为艺术作品。整整两天的参访行程中，大巴车马不停蹄，一个点两个点跑得飞快。

艺术策展人北川富朗先生在越后妻有这片神奇的土地上贡献了20年的时间。越后妻有地区是日本偏远的乡村，跟我们现在的乡村非常类似，村落空心化，小学废弃，农田荒芜……20世纪90年代，新潟县推出"NEW新潟里创计划"，政府大力出资，全民共同参与，从硬件和软件两方面开始再建。北川富朗先生被委托为十日町地区的运营委员，开始了越后妻有地区艺术拯救乡村的漫漫长路。

我始终认为一个地区的复兴，跟这个地区的资源特色和运营的人密切相关。在高中以前，我的日子也在乡村度过。夏日常去村子边上的新安江游泳，看男孩子们在河漫滩的草地上骑牛玩耍。那时最疯狂的事便是凌晨四五点钟约上三两同学在乡村的公路上漫步数星星，等待启明星升起的那刻光景。

如今，年过三十，村庄远去。住的高楼上采不到菊，听不见蝉鸣蛙叫，看不见星空月明，那颗渴望回归乡土的心越来越沉。乡村的四季那么清晰地浮现在脑海，该开花的开花，该飞翔的飞翔，万物生长，郁郁葱葱，丝瓜、黄瓜、瓢虫还有天牛……那些你从来没有注意过的微小生命，才是自己生活的主角。

直到2016年，拥有设计基因的我们再次深入浙江的乡村，开始我们的设计振兴乡村之路：把已经废弃的空心村租过来，改造成民宿，植入产业，还原田园，然后做各种各样的田园活动，春种夏耕秋收冬藏。

9月10日那天，我们跟北川富朗先生见了面，他跟我们分享了在整个项目的运作中面临的艰难问题，一个个看似跟艺术无关却又紧紧相连——人口减少、老龄化、产业衰退等。在深入乡村衰退的本质和解决这些问题的过程中，他们让各种身份的人进行分工和协作，从行政事务、项目策划、预算制定、项目营运，到作品展出场所的选定，进行各种各样的调配。我觉得号召志愿者和当地人这个思维对我们要走的路非常有帮助。

就像写这段文字的时候，感觉怎么写都不能概括这两年我们所受的苦和无奈，钱不够、精力不够、技术不够都是小事，最难的是与人的关系（政府关系、村民关系、与施工队的斗争还有团队关系），但必须要撑下去。

这是执念。"若得平生半亩田，种诗种酒种陶然。"乡村振兴，是践行另一种生活。

是生活，就不能着急。

去野，遇见有趣的灵魂

一夜，泡完温泉与几人田间小酌，不由想起东坡有词曰："且陶陶，乐尽天真。"
细细思忖，我们都是城市的浪子，却都是田野的孩子。

何丹
财经学者

　　　　　　　　　　　　观看：大地上的艺术

一

　　杭州城西的房子装修的时候，两面墙的大书柜覆盖了整个客厅。客厅消失了，书房无处不在。太太笑我整日与书为伴，白天工作是出版，夜晚消遣是看书。我必须承认，我是在刻意躲避突然而陌生的相遇，正如时下许多人热衷的"广场式"社交，或是铺天盖地的微信群社交。

　　墙上码得满满当当的书，深厚的历史和沉淀的经历，凝固在纸上的文字里，能让我从容不迫地寻找到古今中外许多有趣的灵魂，按自己的节奏与他们静默交流。

　　我十分享受这样的相遇。

　　这个习惯并不是工作以后形成的。我在学生时代，除了上课读书，就是课外读书，书之外的朋友寥寥无几。以至于遇见以往的同窗，他们会打趣我："呵呵，以前你可是一个孤傲，甚至不解风情的人哦！"

　　幸好我的太太并不这么认为。

　　热恋时，每当我与当时还是我同学的太太交换年少往事，讲到少年趣事就词穷语尽，只好拿出书里读来的那些有趣灵魂作为交换，倒也俘获了她的心。携手一路已十八年，我向她交出了一个读书少年郎的完整光阴。她则一面带着我看看热门电视剧，聊聊茶和花的生活美学；一面津津有味地听我讲各种书里典故。

　　我享受这样的有趣。

　　待到女儿长大了，8岁的她学小提琴，学游泳，喜欢看《丁丁历险记》和《哈利·波特》。我和太太希望她成为一个有知识，更有趣的人。

"什么是有趣?"女儿问我。

欧阳修说"林泉苟有趣",王冕说"居山还有趣",元稹说"独醉亦有趣"。可见,所谓有趣,自在心境。相处的人对了,想做的事对了,有掌握环境和情绪的能力,就是有趣。

二

及一日,好友华诚说,一起去日本吧,参加"大地艺术节"。

我是第一次听说"大地艺术节",对艺术一知半解,想着艺术节向来是办在冷静淡漠的艺术殿堂中,便有些犹豫。华诚劝我,这个艺术节的特殊之处,就是在日本的乡村,几年一遇。何况还有一帮好玩有趣的人同去。

与太太提起,她极力怂恿我去。哦,那就"去野"吧!和一群有趣的人,去做一件有趣的事。

去野,是我家乡武汉那边的俚语。放下束缚,去野外体验自然,甚至疯狂地玩耍。在大城市已"呆瓜"(待惯)了的我们,逐步丧失了"去野"的特质。社会学家说,"呆瓜"具有四个特点:一是理智性强,用理智取代感情来对待事情;二是精于计算,利弊得失上考虑再三;三是有些莫名其妙的厌倦享乐(难道是说与手机谈恋爱的时间足够长?);四是人情淡漠,大多生活封闭,人与人之间冷淡疏远。

去野,去大地艺术节,或许是免疫"呆瓜城市症"的良方。

　　　　　　　　　　　　观看:大地上的艺术

三

　　日本大地艺术节的举办地，在新潟县，以广袤的水稻田为背景。到达那日，站在田埂上，看夕阳的金色与稻田的金色浑然一体，仿佛大地绘制的一副浓烈的油彩画。艺术的深意，在一瞬间猛烈撞击心间。

　　J.V.福克斯的诗句说："新物使我陶醉，旧物使我眷恋。"

　　大地艺术节的历程，让我充分感受到新物与旧物的交融、惊喜。清晨秋风和畅，我和伙伴们穿戴好日本农民的服装，伏在田间，以最贴近大地的谦卑的姿势，收割稻子，收割大地养育许久的果实。其间，蚂蚱、蜻蜓飞掠，停在某一株稻谷上，为自然的和谐增添生动。黄昏的日头透过乡间繁茂的树枝，细碎如金，田间一片安宁。我将它看作一个奇异的田间书市，可以肆意地漫步、阅读各式老书与新书。说肆意，是这么多的现

代的艺术展品都长在乡村田野间，那么的自然与风趣，不再是钢筋水泥里的化石；说奇异，是有那么多个性迥异的艺术家做了那么多风格鲜明的装置艺术品，静待理解他们的人来欣赏和解读。若是按日本神物教的说法，它们应该都有肆意游历于山野之间的灵魂吧。

更有趣的是，两个月里这个星球上有十多万形形色色的人来往于此，寻找心中的麦田。包括与我同行的十多位同伴，男男女女，各行各业，性情不一，来之前我们大多不相识，但相遇于田间就能一起去野。不经几日，竟成无话不谈的朋友。

一夜，泡完温泉与几人田间小酌，不由想起东坡有词曰："且陶陶，乐尽天真。"细细思忖，我们都是城市的浪子，却都是田野的孩子，充满灵魂的大地艺术节让大家相遇在田野间、心田间。

"几时归去，做个闲人。"

回到杭州，我有些开窍。去野，亦可理解为"趣野"。趣，为有趣，有趣的人，有趣的事；野，为打破桎梏，寻找天性。于是乎，允许8岁的女儿看完抖音，对我讲讲段子，也拾起了几本无用之书重读，更重要的是敲下了这几段纪念的文字。

走进山川大地

山谷下的水田泛着蓝色的光，麦田飘着黄色，四周苍树浓郁，几株门前的大树坚挺耸立，整个山野显得静谧而安宁。

朱萍
杭州市海外企业家投资联合会理事，浙江省金融巾帼会理事
一个在金融界工作的跨界艺术爱好者

这是一次偶然的机会，让我和十六位有着不同艺术情怀的老师一起，去日本新潟参加越后妻有大地艺术节。我自己虽然也画画，却是第一次近距离了解了艺术是如何与乡村大地建立关联的。

洁净如新的大巴载着我们进入新潟乡村，车子一直在山路上盘旋，蓝天、白云、重山叠峦，嫩黄色的稻田镶嵌在翠绿丛中，大片麦穗静静低垂，山麓的层顶不时浮现，静卧在大地上。山野是那么的静谧安详。

就是在越后妻有这样美好的风景里，我们见证了一批来自世界各地的艺术家的作品，它们以山村、梯田、村落、废弃学校做背景，将艺术与乡野完美融合。我们从乡村出发，参观日本有名的"越光"牌大米及清酒主产地，听老伯讲手掘隧道的故事，与日本农民一起收割稻田，参观体验各种手工艺术，走"雪国"，观"农舞台"，进"茑屋书店"，集合于安藤忠雄的21_21 DESIGN SIGHT美术馆。

七天的参访时间其实很短，艺术品令人目不暇接，但在我脑海中挥之不去的，却不是参展的哪位艺术家，而是默默守候在山谷志的那位81岁摄影师——加藤富二。

这是一位中等个子，身着黑色T恤，眉宇和嘴角间挂满白须，眼中透着光亮，看上去要比实际年龄小10岁的精神矍铄的老人。老人看见我们的到来兴奋至极，热情引领我们去看他的摄影作品。我们小心翼翼地走上小楼梯，望见整个二楼都是先生的作品。这里展示着加藤先生15年来所拍摄的最好的乡村田野作品。

他的作品静谧而质朴，充分展现了乡野的绝美风光。先生随着我们一起走，不时比画着。不一会儿，他拿起柜上放着的影集走到我身边，指着上面的作品向我道来，通过翻译，我大约知道加藤先生原来在城市工作，一次偶然机会来这里的乡村旅游，从此被这里的自然风貌所吸引。15年前，他终于放弃优越的城市生活来到这里，建起摄影之家，为那些来这里拍摄的摄影人提供温暖的服务，平日里，他在这里独守一份宁静。

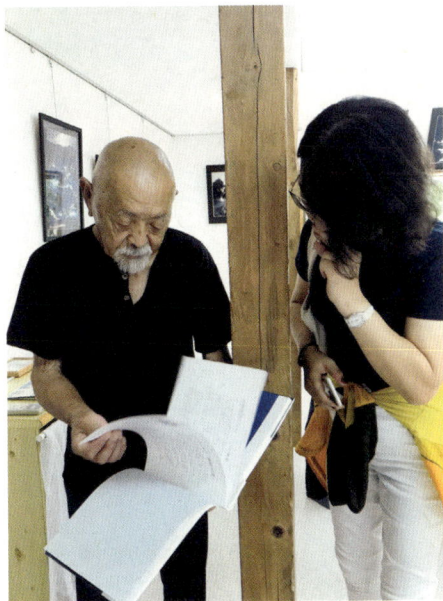

加藤先生介绍了他的作品后，还饶有兴致地带我们去看他屋子周边的乡景。站在屋前空地上，放眼望去，山谷下的水田泛着蓝色的光，麦田飘着黄色，四周苍树浓郁，几株门前的大树坚挺耸立，整个山野显得静谧而安宁，这种山间的纯粹让我有即刻创作的冲动，仿佛把我的灵魂也勾引去了……

今天，我们生在浮尘世界，在忙碌的世界里始终在寻找灵魂的归宿，我们一直在追问往哪里去。我想，只要我们以布道者的情怀和自然对接，走进山川大地，那么大自然一定会给我们回馈和恩赐。

寻走：
在平静和真实之间

我们对时间失去耐心，不能平静地一直专注于一件事物。穿梭于城市的钢筋水泥中的我时常在问自己一个问题：我们还能走向何方，寻到哪里？

谢芳

日本大地之行导游

观看：大地上的艺术

在初秋的季节里，我们将双足驻于日本新潟县越后妻有的土地上，来了一次纯粹的艺术之旅。我们站在展望台上，欣赏着大地艺术节的代表作——"棚田"。为了在冰雪覆盖的大地上种植水稻，即使收成不佳，人们也仍旧不辞辛劳地开垦山林，修建狭窄的梯田。在这样艰苦的环境中种植水稻的劳作，却不得不面对后继无人的困境。

我们坐在山古志日本民居的窗边，欣赏着梯田和布满云影的池塘，乡村原生态风景在这里一览无余；我们穿着长筒套鞋踏入充满生机的稻田，微风送来稻穗和泥土的香气；我们顶着大太阳挥动镰刀，也体验着小型收割机的高效率；我们走在手掘隧道里，体会着半年中大雪封山给这个地域带来的不便激发出了村民们在交通、织染、酿酒、贮存方面的智慧；我们围坐在榻榻米上去品味日本最好的水、最好的清酒、最好的大米，这是越后妻有的乡土料理；我们寻走在田间、山间、水间……草间弥生、蔡国强、詹姆斯·特瑞尔、阿布拉莫维奇、卡巴科夫等世界级艺术大师的作品，它们自然地生长在山野、田园和村落中，随处的惊喜，更多的是深深地感觉到大地的那种自然和平静。

草津的深夜，我们穿过夜色中的山林小路去居酒屋，在温泉池中泡着脚，哼着小曲，打着节拍。我们躺在温泉旅馆的榻榻米上，闻着蔺草的香味，裹着温暖松软的被子，眼光所及是柔和的橘色灯光和壁龛中清雅的挂轴，一切都显得那么的周到和细致。山古志的夜晚，我们披上浴衣，把自己置于沉寂的夜空中，黑到连星光都不见的夜空，倾听来自树林深处秋虫的欢鸣和逡巡的风声，感受最自然的气息。在清晨的微光中，我们循着山林中的雾气分辨山的形状，当太阳出来，雾气散开，我终于找到了唱了一夜的秋虫。

而就在前几日，我还收到了来自这次艺术节的发起人周华诚老师"父亲的水稻田"发来的今年刚碾好的新米，是试种了沈博士一直以来研究的新品种"包公子"。"包公子"采用生态种植法，不施化肥，不洒农药，精耕细作。稻长说"晒过月光的稻谷不仅有米香，还有月香"，于是虫鸣四起的夜晚，他和父亲睡在帐篷里守着稻谷晒月光，月光晒过的味道是那么的自然，甜度和粘度都适中。

我们处在一个高速发展的大数据时代，科技发达，信息流通，人们之间的交流越来越快，渐渐地，我们对时间失去耐心，不能平静地一直专注于一件事物。穿梭于城市的钢筋水泥中的我时常在问自己一个问题：我们还能走向何方，寻到哪里？

回到现实中，在工作间隙时，我喜欢端着那个从越后妻有带回的黑瓷杯静静地看着窗外西湖大道上川流不息的车流和人流，黑瓷的圆润和满口的茶香又让我想起新潟和五联村的稻香。我越来越喜欢在闲暇时到周边的农村走走，随着这几年周边新农村的建设，我们的山村也变得越来越干净和美丽，在"绿水青山就是金山银山"的理念下，山村的生态系统越来越好，民宿、农家乐带给人们的是老家的感觉，一壶绿茶，一杯土酿，一场和乡亲父老的闲谈，那是多么的轻松和安静。我很喜欢这种感觉，希望我们每一位寻走在乡土地上的人们都能去感悟人和自然的关系。

让时光洒在稻田上，风吹稻浪，让我们寻走在平静和真实之间……

观看：大地上的艺术

当水墨遇见稻田

一凡

水墨画家

稻田、风车、温泉，大地艺术节的一切，都以"自然"展开，这里的生活，也都在遗失中令人觉得更加珍惜。在震后重建的山谷志村，当地农协的人带领我们一起割稻，所以有了我水墨画中的稻田，它们是金黄色的丰收的愉悦。当我们在川端康成的故乡汤泽享受温泉，日本的侘寂美学大概就在那氤氲的夜色水汽中吧。

艺术家总是习惯用色彩来表达自己的所见所感，当水墨遇上稻田，我希望它可以传达我内心的情感。

稻草人也是必不可少的风景

温泉沐浴

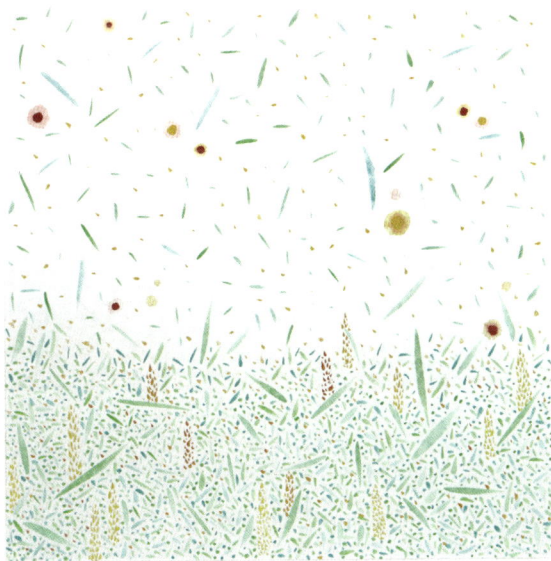

稻谷成熟，浮动的穗粒

大地艺术节的侧面

贾代腾飞
摄影师,《长江日报》记者

　　作为一个摄影师，我总是喜爱关注"主题之外"的东西。比如在山谷志村遇见的斗牛偏偏很慵懒。随行的小朋友哈农总是活泼地在镜头里跳来跳去，即使到了寂静的日本庭院中也仍

哈农小朋友在日本

然不改她的活力。当然，对于艺术节主题本身，令人目不暇接
的作品，其实还是放下镜头去细细体验为好。回想起来，这也
正是越后妻有大地艺术节带给我们的思考，艺术和生活原本就
不是割裂的，我们也时时在生活与艺术之间穿梭。

第五辑　作

时间就是这样周而复始，唯有人生在这里流逝。这样的一次稻田的劳作，使我们想到自己的一生，想到我们的时间是如何虚度，想到爱，想到世间珍贵的事物怎样离我们而去……

水稻田里的艺术实践

这一片水稻田就是一处游乐场。它并没有多么微言大义的部分。它只负责虫鸣、鸟叫、蜻蜓飞舞、万物生长、冬去春来、周而复始。它向真诚的人敞开怀抱。

周华诚

到稻田去的时候，只觉得莫名愉快。一个人带着相机悄悄就去了，趁着太阳还挂在西边矮山头，余晖仍洒向田野——正是好时候，这会儿红蜻蜓在稻田上空密集飞舞，蝉鸣已不再声嘶力竭，小山雀在乌桕树上叫个不停，还有各种各样的飞虫，在稻田上飞来飞去。我纳闷小飞虫们不知道此时正是危急时刻吗？所有的敌人都在虎视眈眈——青蛙、飞鸟，甚至蜘蛛。

我在稻叶丛中蹲下身来，守株待兔，看一只青蛙如何收拾一只青虫，一个蜘蛛如何请君入瓮，还有红蜻蜓为什么飞得这样欢快，童年时候遇见你是在哪一天。

在田间无所事事的时光都成为一种享受。因此我是一个"南辕北辙"的农民。到了秋天稻谷成熟，我们家的田并不显现出一派沉甸甸的丰收景象，至少很多人一眼就能看出来，我们家的水稻产量不如邻居令狐家的——令狐家的水稻是杂交品种，

一串一串稻穗就像一咕嘟一咕嘟的葡萄。我们家的水稻是常规稻种，此时还伸着执拗的脖子，青筋暴怒像个愤青。我算是明白了，底气不足的人容易愤怒，以壮声色。不过老实说，水稻种成这样我也不觉得丢脸，我们少施化肥少用农药，谷粒奉与虫子飞鸟同享，能有如此收获，吾心甚慰。君不见，我在这片稻田还收获此等悠然自得的美好时光呢！

若以游戏之心来看待劳作，则农事也不再辛劳。

这是我的观点。虽难免偏颇，而我亦早就是一介偏颇之夫。

割稻之季，我在群里呼朋唤友，来玩呀，来玩呀！结果，朋友们带着娃，开着车，从四面八方啸聚而至，把我村一条主干道都给堵了。村人没见过这么大阵势，老人颤颤巍巍来问，

　　　　　　　　　观看：大地上的艺术

娃子你家办什么喜事？我说，获稻之喜。

居然真有那么多人，都是奔着"玩"来的——并没有指责我忽悠大家来帮着干农活。现在城市里的人，离自然太远了，偶尔去趟街心公园就觉得亲近了一回大自然。其实大自然离你还很远。在街心公园的两棵树中间仰头，闭眼，深吸一口气，就露出享受的神情——其实不过是狠狠吸进两口汽车尾气。而在我家乡下，那么充足的纯净空气，没有人来吸，十分浪费。我觉得吧，大家即便是来到我的稻田挥汗如雨，那也是值得的，因为你从来没有这样"玩"过——真的，你何尝这样脱了鞋袜，放开束缚，丢掉身段，挥洒自如，参与到一场游戏当中？

一位叫盛龙忠的摄影家，在我们家稻田开了一次摄影展。在一场收割劳作开始之前，他从行囊里掏出冲洗放大的照片，

农事体验之收割

郑重地布展——把照片一张张夹在稻穗上。那些照片是他好几次偷偷到稻田里拍摄所得，从五月到十月，水稻生长的过程中，他看见了一片稻田的时光流逝。这样的稻田摄影展，大概全中国算是首次吧，或者全宇宙首次——时间如此之短，展览时间不过一个小时，一个小时之后，我们就把展览撤了，然后把水稻撂倒在地；规模如此之小，观者不过五六十人，如果要加上飞鸟与蜘蛛，亦不过百；仪式如此素朴，居然没有领导讲话，只有一位"稻田大学校长"，括弧我爹，叉腰乐呵呵地笑着说，"拍得真好"，因为照片上的人正是他自己呀。

又有一年春天，我们在田里插秧，二三十个孩子，从幼儿园到中学的都有，纷纷坐在田埂上画画。有的孩子画完，就蹦到田间去，泥水飞溅，孩子脚下一滑，一屁股坐在泥水中间。

稻田影展

还有一个孩子，当我们把田间的空隙都插满了秧，他还不舍得离去，田间水光映着天光，远处青山空蒙一片，四野宁静，一个孩子站在天地之间，草木飘摇，我觉得他就仿佛是小时候的我了。

水稻收割，多在寒露前后，村人们打板栗、挖番薯、摘南瓜，收获各样的果实。我们在田间收割，第一个人拿着镰刀下田，大家陆续走到田野中间，收割六百株水稻（居然只有六百株，而我们有六十多人）；直到把水稻收割完毕，脱粒，稻草扎成把，人群散去，稻田归于宁静——有一台摄像机从头至尾记录了这一切。这58分钟的收割过程，后来被制作成一部只有15秒钟的动画，被命名为 TIME（《时间》）。这是一次稻田里的艺术实践，每一个来到田间劳作的人都是这部艺术作品的作者，

一群父亲的水稻田

在这个创作过程中，我们看见时间的流逝，看见春天秧苗青青，夏天雨雾朦胧，秋天水稻金黄，天空高远，再过不久就是冬天，稻田荒凉而寒冷，万物凝止，直到又一个春天来临。时间就是这样周而复始，唯有人生在这里流逝。这样的一次稻田的劳作，使我们想到自己的一生，想到我们的时间是如何虚度，想到爱，想到世间珍贵的事物怎样离我们而去……就这样，一片稻田，以令人忧伤的方式，成为我们生命的一部分。

一位叫钉子的油画家来到稻田，他背着画架和各色颜料，在田埂上创作了一幅作品。一个叫郭玮的北京姑娘来到稻田，低声唱了一首只有她自己能听见的歌谣。一个我已经不记得名字的伦敦女孩来到稻田，以她自己的方式写下几十行诗句。还有一个说阿拉伯语的人类学博士来到稻田，把我写水稻田的一

稻田绘画

篇文章翻译成鸟爪一样的文字，传播到他自己的国度……

然而，我还是要说，这一切都是游戏。这一片水稻田就是一处游乐场。它并没有多么微言大义的部分。它只负责虫鸣、鸟叫、蜻蜓飞舞、万物生长、冬去春来、周而复始。它向真诚的人敞开怀抱。至于是不是每个来到稻田的客人都能看见它最有意义的部分，它沉默不语，亦从不给予提示以及任何保证。

观看：大地上的艺术

一次解竹为器的艺术实践

多么幸福的一天。雪一直在下，我们在半坡撒欢。最好的艺术，不只是在"物"，更在于"生活"本身。

叶儿

初见

雪越下越大，直至鹅毛。

离半坡渐近，大地愈白，稻友群也愈发热闹起来。这是一场蓄谋已久的约会，因一年前的大雪封路而延至今日。未曾想，又遇见一场雪。我在群里说，待我们到了半坡再下吧。与其被雪封住去路，宁可被困半坡数日。雪于是听个半懂，待稻友们快至半坡时，终于忍耐不住，撒起野来。

半坡，是有雪缘的半坡。

雪飞过竹林，飞过茶园，一团团、一簇簇、一片片地飞进群里，未能参加活动的稻友们纷纷发来贺电，满屏垂涎。体贴的稻长索性停了车，让我们浴雪狂拍。半坡主人在群里放出话来：我堵在路上，你们先到的话，按喇叭。按喇叭，门就开了。

屋里有茶水，你们自己动手泡茶，自己泡茶……

被雪惹得半疯半癫的我们，对主人的呼唤基本听而不闻。只听得高德导航中林志玲柔声相告：目的地就在您附近……

定睛一望，一扇嵌有毛竹栅栏的自动铁门得了主人指令般徐徐往右隐去，道路尽头的半坡缓缓现入眼帘。

只见，白茫茫的一片大地，真干净！

这是白雪素裹着的半坡，空山新雪中的半坡，隐在幽静山谷里的半坡。银装下，隐约可见四周树木、竹林环绕，数幢土木结构的房屋错落有致、散布谷中。待走近，有土墙，有木廊，有亭台，有院落，有石板，廊下有石臼，檐下有五谷，时有狗吠，偶有鸡鸣。好一派桃源之地，半隐之坡！

眼随即一亮，心忽地一暖。

如我所想，这是一个半隐半现、远离城市喧嚣的乡野之地；是主人寻求自然而然舒适生活的一方桃源。

解竹

此前得知，半坡活动将邀请生活美学家何越峰带领大家解竹，做花器，心中窃喜。于热爱插花的我而言，这是求之不得的美事。前不久，在朋友圈看见有关他的竹艺展，惊叹于他的奇思妙想和精湛技艺，当时就想，若有机会认识该多好！

未曾想，因了稻友群，这么快就有缘相见。

循着人声，向着竹林而去。一金毛甚是欢腾，虽被拴着，仍激动地朝我来了个扑拥。幸好我是见过世面的人，对热情似火的金毛早有准备。拍了拍新衣，挥一挥衣袖，送一飞吻，别

过。至竹林前，但见稻友一群，颇为热闹，顺着伐竹声，寻得一戴眼镜的清瘦斯文人正挥刀砍竹，心想，那便是何越峰吧。不多久，一群人便簇拥着他连同三五根竹浩荡凯旋。不出所料，那人正是何越峰。接下来，他将带领大家解竹。我们称他何老师。

在二楼一间中式风格的亮堂屋里，何老师拿出一叠早已备好的彩色图纸铺展开来，众人认真聆听何老师谈了花器之美，又领会了制作要点后，便取了各自欢喜的图，迫不及待奔到楼下。

抖落了一身雪的老竹静静地躺在院子里，黄绿，鲜亮。在何老师示范下，大家两两一起，拿起锯子、榔头、凿刀，锯竹节，开器口，削竹面，一丝不苟。每一个步骤，看似简单，实则艰难，一不小心，便会锯歪敲裂。雪纷纷扬扬地下，落在发上、衣上，这是一场大雪沐浴下的关于美的创作，亦是一次人世间动人又寻常的劳作。有闺蜜间的亲密合作，有夫妻、亲子间的紧密配合，亦有陌生稻友间的初次相助。慢慢地，锯子发出的嘎吱声、榔头敲打的咚咚声、人群中不时发出的惊叫声、孩童的欢笑声，伴随漫天飞舞的雪升到了半坡的上空，如同天籁，空谷回响。

半坡，是有竹缘的半坡。

忙碌的何老师在雪中、人群中不停地穿梭，手把手地指导，那般专注、耐心，无一丁半点的架子。一个胸中有竹，擅长解竹，与竹为友的人，是令人尊敬的人。

我看中的是款高瘦大开口的竹筒花器，颇有难度。原想与那一位博士稻友合作的，没想他只擅长弄稻，并不擅长解竹。

用他自个儿的话说，只有见了稻子，才不害羞。我便不好指望他了。在雪地里围着竹子转了几圈后，迟迟无从下手。虽然对竹子情有独钟，但我这个乡下长大的人却拿锯子、榔头毫无办法。善解人意的何老师看出了我的难处，利用指导的间隙，几乎是为我定制了一个。我原想大致有个型就好，但何老师修了又改，匠人之心感人至深。心中暗想，一定要寻个好枝条，插个好花作，以此方表谢意。

在后来的围炉交谈中，我才得知，何老师精的岂止是竹艺。工业设计出身的他，潜心钻研多项非遗手艺。除竹艺之外，在大漆、陶艺、木艺、铁艺等多项非遗手艺中跨界交织，造诣深厚。令我动容的是，他一直试图找寻属于东方文明的生活。他说，接下来会尝试举办更多的主题展，在手艺和生活中寻求新的突破。他想以自己的方式，传承并创新老祖宗的生活美学，

做一个彻彻底底的生活美学实践者。

我是幸运的，稻友们亦是幸运的。"人无癖不可与之交"，我们逢见的，是一个多才多艺的"多癖之人"。

在何老师的悉心指导下，稻友们的巧手出乎我的意料。不多时，一件件精美的竹筒花器跃然雪上。在竹筒里盛上雪，再插上随手采的枝条，往雪地里一放，一个个拙朴清新的花作瞬间点亮了半坡的白雪世界。白的雪、绿的竹、各色的枝叶……虽由人作，宛若天成。在这美丽又明亮的世界里，我看到了稻友们纯真而灿烂的笑容，他们卸下了工作的劳顿，放下了生活的重担，暂别了尘世的烦忧，在雪中个个变回了孩童；他们专注于当下，和半坡的竹相亲，和半坡的雪相拥，和眼前的孩子们一起，欢笑、撒野。

巡山

在众人埋头劳作之时，一头戴黑色线帽，穿一身藏青棉服的中年大叔拎着数袋物品向我们走来。这便是传说中的半坡主人。他的到来，并未引起早已反客为主的稻友们的注意。我通过稻友之书《各自去修行》中水水的文章对他有个大概的了解。从文中得知，作为半坡主人的他，于六年前的一个机缘，租下了这里的三百亩山地，只为心中的田园梦。他是地道的杭州人，却与山水、田园、乡村生活有着不解的情缘。每逢周末，便往一小时之外的半坡跑，愚公移山般，亲力亲为、用心打造。寻得一老物件，见得一心怡草木，便往这里安放。几乎每一块砖、每一块木、每一堵墙、每一棵树，都与他息息相关。渐渐地，半坡有了如今的模样。

当他以邻家大叔的模样出现在我眼前时，混迹稻友群多年的我还是惊了一下。没想到做过企业高管、坐拥三百亩半坡的"地主"，是这般亲切低调。

真想伸出满是雪花的手，狠狠地握一下。

主人名叫盛争朝。名如其人，盛情为心中的田园，争朝夕。

但在今天的活动中，我感觉他操的是跑龙套的心。一会儿端来了蜜橘，一会儿变戏法似的弄出一堆烤番薯，馋得稻友们不得不腾出解竹的手，生怕眼前的美食随雪花飞走。每隔一会儿，他便要叫一声"老何"，殊不知何老师看上去比他年轻不少。他呼喊老何主要是询问竹筒饭如何做，如竹节怎么锯，米粒怎么放，又该怎么烤，原来，解竹做竹筒饭，在半坡也是初次，且是今日的主食，成败尤为重要。

接下来，我要称他老盛，以示对何老师的公平。

待大家做完手中的花器，插了花，灌了竹筒饭，只听老盛大声喝道："走，剩下的交给烤羊师傅，我带你们爬山去！"声如洪钟，不容迟疑。

心中大惊，莫不是梦想又要成真！刚下车踏上半坡的那会儿，看着满山的雪，我就默默说了句：这山，值得一爬，尤其在雪天。

但我只是做一个异想天开的遐想罢了，没想这老盛竟要帮我圆梦了，大喜过望之后不由肃然起敬，这天气，有爬山之心、存山野之意的，不多见吧？更没想到的是，大伙儿一呼百应，雄赳赳、气昂昂，齐刷刷地跟着他上山了。那个"葱花"，硬是不肯带伞，两手一插裤兜便走。这是一群多么有趣的性情之人

　　　　　　　　　　观看：大地上的艺术

啊！想起《小窗幽记》里曾说，"赏花须结豪友……登山需结逸友……"说得极是！你想，能迎着风雪一起爬山的，非逸又何？

好一支半坡巡山队！有什么样的主人，便会有什么样的故事。

山路蜿蜒，但开阔。山脚一侧，有一木结构的两层楼房已初具规模，老盛手一指，说："楼下用来开设木工、陶艺等手工吧，二楼作书吧，欢迎你们来各显神通啊，大家一起用才好！"原来，老盛对手工器物情有独钟，于是便想有个地方广纳各路人才。又一直想开个书店，便要在这里弄个星空书吧解解瘾。老盛的身上，存的不仅仅是闲情逸致，更多的，是对生活和自然高层次的追求。他希望有更多的造物之美和精神食粮汇聚在半坡、存留在半坡。

刚走几步，老盛指着右边的一片林子告诉大伙儿，那一片是板栗。还提醒大家秋天带上家人来打板栗。再往上，他对着一片光秃秃的树干深情道："这是一片新种的乌桕树，过几年，深秋一片火红，会很好看。"我心头不由为之一动。乌桕，是我最爱的树种之一，有着浓浓的家乡情结。秋日里，杭城保俶路上红红黄黄的乌桕树曾解了我不少的思乡情。未曾想，喜欢它们的，不止我一个。

又听说老盛还种了成片的樱花、桂花、蔷薇等各路花神，虽则眼前白茫茫一片，但我可以想象春时蔷薇烂漫、樱花盛开、秋时桂花飘香、乌桕泛红的情景是何等诱人！艺花邀蝶、载松邀风、种蕉邀雨，一年四季，山光水声、月色花香，古今之浪漫，在半坡均可成为现实。

思绪在老盛的牵引下，随着雪花忽远忽近，又随着山路弯弯绕绕，竟有似梦非梦之感。

行至拐弯处，老盛停下了脚步，对着眼前的一片谷地侃侃而谈："我要在这里建一个露营地，可以放露天电影，到时候你们车子直接开到这里，坐在车里看电影。"一稻友问是不是露天汽车影院，老盛说，正是。

我的脑海里瞬间出现了数辆车子齐聚山谷，在星空下观影的浪漫场景。

山渐高，雪渐厚。一行人在寂静的山路上踩出了一串串的咯吱声。老盛说，这上山的路早就荒废了，是他一点点重新开辟出来的。我难以想象一个城里大叔挥刀斩棘是怎样的场面，但眼前到处可见的一大簇一大簇凸起的芒草根令我不得不信，这真是一条人工重修的山路。对老盛的钦佩之意，不免又多了几分。

巡山队的热情一路高涨。我因担心腰病发作，加之想多点时间领略难得的山中雪景，便放慢了脚步，跟在队伍后头。稻长华诚的女儿"一朵"和另两个一大一小的女孩一路玩雪、兴奋不已。我想若干年后，她们想起半坡的雪中行，想起在半坡撒的欢，一定是非常难忘的吧？她们的父母，亦是非常的开明，在别的孩子忙于进出培训班的时候，能将她们带到这广阔的自然天地中来，实为难得。用华诚的话说，来这里，比上培训班紧要得多！我是无比赞成的。孩童的心，是要多多放到自然中来的，大人亦要保有童心。

雪还未厚到将草木完全覆盖。我依稀能辨出路旁的山鸡椒、山栀子、映山红、五味子，我所熟悉的草木，这里几乎都有。待到春暖花开，这里将是何等的缤纷、盎然！我对老盛说，下次，我要来这里剪些枝条插花。老盛说："随时欢迎啊，山里草木野果丰富，你可尽情采摘，我就希望这里成为稻友们的基地，希望更多的人来这里，半坡不是我个人的，也是你们的。"后来的下山途中，我瞧见一丛结着橘色果子的山栀子，老盛硬是顾不得满枝抖落的积雪，为我折了一枝。

感动之意，竟无以言表。

半坡，是有人缘的半坡。

拐过又一个弯，只见一群人驻足抬头，好奇张望。走近一瞧，发现原来高处竟有一株盛开着的映山红！那红红的花瓣如冬日里的烛火，映红了白雪，也温暖了每一个人的心。

光亮和温暖，始终都有；大自然的神奇，无处不在。

约莫走了半个时辰，路突然断了，只见老盛立在山头，往右指了指，我这才看见路的尽头竟是一洞穴，确切地说，是条隧道。借着微弱的光亮，一行人忐忑又好奇地穿越，待到出口时，眼前唰的一亮，惊讶得几乎说不出话来！但见山外有山，两山之间一派湖光山色，如临仙境，如入桃源。见众人迷惑万分，老盛终于揭开了谜底，说这里曾经是一石矿，弃用多年，经年累月形成了一个个积水的坑洼，最大的那个便成了湖。众人欢呼雀跃，以湖山为背景，随着狂舞的雪摆出各种造型。我的微单，也终于在大部分手机停启的此刻派上了用场。

我终于明白，为何上山的路是那么宽，因为曾经有无数矿石从这里运出；为何老盛要带我们爬山，因为在山上，我们能看见半坡这个大桃源，又能逢见山外的小桃源。

若不是风雪太大，若不是惦记着烤羊肉和竹筒饭，我想，我们是舍不得下山来的。

后　记

巡山归来，等待大家的是喷香的烤羊肉和美味的竹筒饭。关于美食，我不擅长描述，留待其他稻友去写。更何况，众人在雪地里狼吞虎咽的抢吃场面，很难用言语描述。但我相信，这一天有关美食的记忆，将在稻友中广为流传。而半坡主人练就的一身剖竹筒的好功夫，也将在日后的聚会中成为美谈。我唯一担心的是，今后我再也爱不上其他的竹筒饭了。

半坡的活动并未随着美食结束。活动的最后，大家移步室内，手握稻友书，围炉而坐，促膝而谈。谈艺术、谈旅行、谈生活、谈教育。大家敞开自己，像是熟识多年的旧友。此即前人所谓：

眼前一笑皆知己，举座全无碍目人。

笑得最迷人的，当属稻长周华诚。一切都在他的策划之中。但欢乐之多，一定在他的意料之外。

这是多么幸福的一天。雪一直在下，我们把半坡玩成了满坡。

　　　　　　　　　　　观看：大地上的艺术

附录：问卷

为了更好地了解大家对于大地艺术节的看法，我们特地挑选了一部分读者做了个简单的问卷调查。就在做问卷的同一天，大地艺术节落地浙江桐庐的消息刚刚发出，但显然大家对于艺术节落地中国的关注度还是比较低的。但是被问及是否愿意参与，大家的态度又相当踊跃，所以大地艺术节与大家的距离其实并不远。

Q：你觉得日本大地艺术节会在中国出现吗？为什么？如果出现了，你会愿意参与到艺术节中来吗？

1. Kiki　电视台剪辑师　28岁
可以啊，因为听着很厉害的样子，会很愿意参与进来。不过我觉得自己并不是太懂艺术，个人还是对数据分析比较感兴趣，如果可以的话，会很开心为艺术节前期做一些市场调查和数据分析之类的服务。

2. 哀有鹿　建筑设计师　28岁
会有，已经有一部分性质类似的出现了，地方政府也会越来越支持，但是很担心质量问题。最后一个问题，嗯——希望自己可以作为一个策划者参与到艺术节的建设中来，服务性的工作就不太想做啦，但是很愿意为艺术家做一些后勤工作，这样就有机会与他们交流了。

3. 佳佳　报社编辑　35岁

我觉得会。大地艺术节也许就像西湖音乐节或是乌镇戏剧节一样，成为一个城市的文化胎记。假若我们身边或远或近，也有一块或贫瘠或富饶的土地，能把艺术节年年岁岁地接力下去，不仅能唤醒人们和土地之间的亲密关系，更能让人由衷觉得成长的力量生生不息。

我是毋庸置疑愿意参与进来的，无论以什么样的方式。我还会动员我的先生去，还有我的宝宝，当然，TA现在还在我肚子里呢!

4. 董先生　报社记者　30岁

我觉得不是很合适。单纯地从艺术角度而言是可以的，但中日关系很可能有波动，届时日本的大地艺术节可能会受影响，严重一点的会受到大面积抵制。不过要是举办的话，个人还是很愿意参与一些服务性的工作的。

5. 庄栗子　平面设计师　27岁

能，但是要地方好一点，作品好一点，宣传也要好一点。这样，还是会有人投资，还是会有很多人想看的吧。自己当然希望能成功举办，这样子我也可以作为志愿者参与到里面，想想都会很有意思啊。

6. 麻雀　电商　28岁

个人觉得有点悬。大家才走向小康，在素质、文化、信仰各方面都还需要时间来沉淀。艺术节的出发点比较单纯，所以很担心到了国内很多人会把金钱利益放在第一位，到时候整个管理也会陷入混乱吧。可能是对艺术比较无感，工作了也觉得时间很难安排，所以应该不会参与进来。

7. 马蹄奔奔　城市规划师　30岁

不会，即使出现了，暂时也做不好。所以希望它暂时还是不要落地，还是去日本看吧，不然怕会失望啊。不过要真能落地，个人还是很愿意参与进来的，因为我比较贪玩儿。

8. 毛铭　图书编辑　28岁

会的吧，我觉得特别好。感觉浙江一带就很合适啊，西湖边就可以。我连地点都给大家选好了，哈哈。

稻田读书推荐

活动 Activity

濑户内国际艺术节（Setouchi Triennale）

濑户内国际艺术节是以濑户内海岛屿群为舞台所举办的当代国际艺术节。

和越后妻有大地艺术节一样，濑户内国际艺术节的主策划人也是著名策展人北川富朗先生。濑户内国际艺术节始于2010年，每三年举办一次。

不一样的是，日本濑户内国际艺术节以"海之复权"为主题，以濑户内的自然为背景，以当地的生活文化为素材，用艺术来使已经被遗忘了的事物再次进入大家的视野，以此来改善濑户内海海岛一带人口流失和老龄化的现实问题。

彩虹集会（Rainbow Gathering）

风靡世界的彩虹集会已有38年历史，被认为是一个非官方的嬉皮士集会活动。它以彩虹为名，是因为彩虹的缤纷色彩可以代表不同的种族、群体、信仰、生活方式、性别以及性取向……这个世界之所以美丽，是因为拥有互不相同而平等存在

观看：大地上的艺术

的色彩。

这是一个自发性的临时团体，每年夏天在不同的地方举办。人们在国家森林公园或者荒原旷野上进行周期不等的部落群居生活。人们在这段时间里放弃世俗的种种社会身份以及财富地位的绑架，还原成为人人平等的社会形态，重新寻找人与自然、人与人之间的联系以及人们内心的平衡。

参与这个集会的人们本着嬉皮精神，崇尚自然，提倡爱与和平，信奉实践和谐自由的社会理想。他们通过这一形式与自然亲密接触，以暂时脱离现代社会，并有意识地抵抗主流价值观、大众文化及消费主义。

威尼斯双年展（La Biennale di Venezia）

1893年4月19日，威尼斯市议会通过一项决议，决定策划一个意大利的艺术双年展，他的发起人正是当时的市长里卡多·塞瓦提可。就这样，在1894年4月22日，第一届威尼斯双年展拉开了帷幕。

到了今天，威尼斯双年展已是一个拥有上百年历史的艺术节，是欧洲最重要的艺术活动之一，与德国卡塞尔文献展、巴西圣保罗双年展并称为世界三大艺术展，百年的深厚资历在其中排行第一。威尼斯双年展主要展出的是超现代艺术，著名的威尼斯电影节是威尼斯双年展的一部分。在奇数年（如2013、2015、2017）为艺术双年展，在偶数年（如2012、2014、2016）为建筑双年展。

巴西圣保罗双年展（Sao Paulo Art Biennial）

圣保罗双年展创始于1951年，由原籍意大利的实业家马塔拉佐（Francisco Ciccillo Matarazzo Sobrinho）创立。自1957年第四届开始，圣保罗双年展便固定在尼迈亚设计的双年展馆举行。它承袭威尼斯双年展的组织模式，同样以"国家馆""国际展"和"巴西艺术"作为双年展架构的三大梁柱。

圣保罗双年展自成立以来，一直是巴西最重要的艺术活动，被视为巴西引进国际艺术潮流的橱窗，巴西向国际艺术圈介绍巴西艺术的舞台。正因为它长久以来是巴西艺术与外界对话的唯一管道，因此是否参加圣保罗双年展就成了许多巴西艺术家关切的事，双年展的走向也直接而深刻地影响了巴西当代艺术创作的发展。

德国卡塞尔文献展（Kassel Documenta）

卡塞尔文献展是定期于德国卡塞尔举办的国际当代艺术展览，于1972年从最初的每四年一届变更为每五年一届。它被看作世界范围内最为重要的艺术展览之一，由艺术家、教师兼策展人阿诺尔德·博德（Arnold Bode）于1955年创办。卡塞尔文献展有时也称"百日博物馆"。其每场展览都会任命一位新的艺术总监，其模式也时有变动。

首届文献展邀请到了巴勃罗·毕加索（Pablo Picasso）、芭芭拉·赫普沃思（Barbara Hepworth）、本·尼科尔森（Ben Nicholson）、马克斯·贝克曼（Max Beckmann）等艺术家，意在于纳粹反动的美学价值之后开启一个新的时代。作为先锋艺术的实验现场，卡塞尔文献展已不仅仅属于德国，它已经成为国际当代艺术的一个重要坐标，是西方文化界关注的焦点，也是西方社会的时代镜像。

爱丁堡国际艺术节（Edinburgh International Festival）

"二战"期间，欧陆艺术家面临空前浩劫，英国格莱德堡歌剧经理Rudolf Bing，与许多当时英国艺术界的知名人士群聚伦敦，谈到艺术家在战争期间所面临的困境，兴起在英国本土找一个未受战争破坏的地方办艺术节的念头，冀望重新为欧洲艺术家找到一个可以互相交流的舞台，经三年筹划，终于在1947年举办了第一届爱丁堡国际艺术节。

爱丁堡国际艺术节所邀请的参展对象包括音乐、舞蹈、戏剧各领域中的顶尖人士以及深具潜力的新秀，也被公认为世界上最具有活力和创新精神的艺术节之一，对推动全球剧场艺术蓬勃发展功不可没。

图书 Book

《乡土再造之力——大地艺术节的10种创想》

庞大的越后妻有三年展大地艺术节项目全貌，由日本知名策展人北川富朗为你详尽道来。这是艺术作品的视觉盛宴，更是地方经济振兴、文化传承的转机。老爷爷、老奶奶们的笑容跃然纸上。

每一页都展现着大地艺术节的魅力。

作者：[日]北川富朗

出版社：清华大学出版社

译者：欧小林

出版年：2015-7

《一日不作 一日不食》

到稻田里去，在半路遇见一树梨花，收获三亩清风明月；看蜻蜓在稻田间飞舞，体会种子的生存智慧。在这片土地上插秧、获稻，是劳作，也是一种修行。它提示我们远离欲望涌动的世界，更多地与自然对话，从而感受四季的缓慢流转，复归内心的宁静与自然。

夏日黄昏的稻田，色彩逐渐爬上天际，山影、飞鸟、鸣蝉，一一呈现。远望，三两只白鹭，在远处的天空里起起落落；俯身，看蜘蛛在叶尖攀爬，青蛙一跃而起。这是在稻田里的小旅行，无须多远，却成为一个契机，让你停下脚步，想一想来时的路，想一想要去的方向。

作者：周华诚

出版社：广西师范大学出版社

出版年：2020-7

《池上日记》

蒋勋接受台湾好基金会邀请，开始在台东的池上乡担任驻村艺术家。他在纵谷找到一间老宿舍，在最简单的生活条件下，开始写作、画画。本书集结蒋勋一年多来的池上驻村文字、摄影创作。他让声音带领着他，让气味带领着他，与大地、万物、季节流转对话并心有所感；春夏秋冬，晨昏和正午的冷暖痛痒，都在他的身体里，有如找回儿时的记忆，一点一点，在池上落地生根。

作者：蒋勋
出版社：长江文艺出版社
出版年：2018-5

《现代艺术150年——一个未完成的故事》

要掌握现代艺术的游戏规则，你需要知道些什么？——涵括近百位艺术家及其代表作，梳理二十多个现代艺术流派的渊源流变，勾勒现代艺术的发展历程。这一百五十年来艺术究竟发生了什么？为什么到了今天，一件看似五岁小孩也能捣鼓出来的东西，居然会是艺术史上的旷世之作？

回顾现代艺术一个半世纪的反叛之路，我们见证了一代又一代人如何变得愈发反叛、大胆、混乱。这背后，是艺术家对"何为艺术"的无尽追问，是他们对周遭世界的回应与抵抗。现代艺术的故事仍在继续，也许永远不会完成。

作者：[英]威尔·贡培兹
出版社：广西师范大学出版社
译者：王烁、王同乐
出版年：2017-3

《不器：我只是个生活家》

艺术家何越峰说："我做器物，想要在器皿上留下的，是自然世界的流动性，是生命，是变化。"在普通人眼里毫无温度、只有使用价值的器物，在他看来，不仅是有温度的，还有着极高的艺术和审美价值。

　　本书为艺术随笔，首卷从童年生活开始切入，讲述个人艺术理念形成的原因和过程；第2卷至第6卷分别围绕石、竹、木、土、漆，讲述在用各种不同的材质制作手工艺品时的感受与创作灵感之来源；第7卷以时间为主题，讲述对时间流逝的思考和对收藏旧物的执着，以及从中体悟到的人生智慧。

　　作者：何越峰
　　出版社：广西师范大学出版社
　　出版年：2019–11

　　《被遗忘的村落》
　　一位学者，七十二年，四千个日夜，一生徒步十六万公里……著名学者宫本常一对偏远地区进行调查。他走访许多遥远的村落，与那里的人们秉烛夜谈，记录下翔实的资料。他将调查的经历写成本书，真实再现了旅途中的所见所闻。《被遗忘的村落》成为了解现代文明高速发展前的日本与日本人的珍贵著作。

　　作者：[日]宫本常一
　　出版社：北京十月文艺出版社
　　译者：郑民钦
　　出版年：2017–1

纪录片 Documentary

《天梯：蔡国强的艺术》

本片由奥斯卡金奖导演凯文·麦克唐纳（Kevin Macdonald）耗时两年拍摄，从纽约、布宜诺斯艾利斯、上海、北京、浏阳到家乡泉州，遍访艺术家的工作现场及其亲友、工作伙伴和专家，无限度深入蔡国强的工作和生活，并从数千小时的珍贵历史影像素材撷取精华，讲述蔡国强80年代从泉州出发，30年来在五大洲不同文化间成长，并走向国际舞台成为享誉全球的爆破艺术家的历程。纪录片中也揭露他壮观艺术背后的另一个真实——内心的脆弱、挣扎、妥协，和对家人、故乡、祖国土地深厚内敛的家国情怀。作为当今世界最重要艺术家之一蔡国强的首部电影纪录片，这既是一个从中国出发、成为具国际影响力的艺术家的励志故事，也体现着新时代中国人的追求和精神。

导演：凯文·麦克唐纳
主演：蔡国强/蔡文悠/蔡文浩/张艺谋
制片国家/地区：中国大陆/美国
语言：英语/汉语普通话
片长：73分钟（中国大陆）/79分钟

《玛丽娜·阿布拉莫维奇：艺术家在场》

本片跟随记录了素有"当代行为艺术祖母"之美誉的塞尔维亚行为艺术家玛丽娜·阿布拉莫维奇于2010年在纽约现代艺术博物馆MoMA举行的大型回顾展 Marina Abramović：The Artist

Is Present的全过程。

该次展览中，艺术家曾经最著名的几件行为艺术作品通过受邀的30位年轻当代艺术家重现，而玛丽娜·阿布拉莫维奇本人则在对艺术与人类无限的追逐反思中再次创作了一件惊世骇俗却又动人心扉的行为艺术作品。同时本片还回顾了玛丽娜·阿布拉莫维奇与曾经的灵魂伴侣Ulay之间的爱恨情仇。而Ulay与玛丽娜在表演现场的和解也让所有人为之动容。

导演：马修·艾克斯/杰弗里·杜普雷

主演：玛丽娜·阿布拉莫维奇/Ulay/Klaus Biesenbach/David Balliano/……

类型：纪录片/传记

制片国家/地区：美国

语言：英语

片长：106分钟

观看：大地上的艺术